Illustration©Natsuka Haduki

ぽん、と頭の上に優しく手が置かれる。
「じゃあね。おやすみ」
「お、おやすみなさい」

Opal
オパール文庫

トナメン!!

となりに住んでいるサラリーマンがダメなイケメンだと思ったら……!?

里崎 雅

プランタン出版

目次

※本作品の内容はすべてフィクションです。

第一章　お部屋探しは大変!?

「ここかぁ……」

交通量が多い道路に面したやや古い建物を見上げ、奥野《おくの》萌《もえ》は感嘆ともため息とも取れるような息を吐いた。

新しいとはお世辞にも言えない物件だし、壁には年季を感じさせるヒビが入っている。しかし、手入れが行き届いているのか寂れた雰囲気は全くないし、よく見ると階段の手すりには凝った装飾が施されている。

正面の塀に掲げられた重圧感のある表札の『もえぎ荘』というのが、おそらくこの建物の名称だろう。

自分の名前とわずかにかぶった名称にも、なんだかちょっぴり運命じみたモノを感じる。

表札のでこぼことした文字を指でなぞりながら、萌はもう一度古めかしい外観を見上げた。

——こういうの、趣《おもむき》があるって言ってもいいよね。

無理やり自分に言い聞かせながら、うんうんと力強く頷く。その反動で、肩まで伸びた茶色の髪がふわふわと揺れた。

少しでも大人っぽく見せたくてかけたパーマは萌には逆効果だったようで、会社の同僚たちには『外国の子供みたい』なんて言われる始末だ。黒目がちで丸みを帯びた目元も、年より幼く見えてしまう要因のひとつだろう。

それでも、風に揺れてシフォンのようにはずむ軽い髪は、結構気に入っている。

不動産屋で教えてもらった空き部屋は、確か二階の角部屋だ。

『道路側の角部屋だから、ちょっと騒音が気になるかもしれないけどねえ』

萌に部屋を紹介してくれた年配の不動産屋店主の、意味ありげな表情を思い出す。確かに、道路に面している部屋なだけに騒音が気になるのかもしれないけれど、その分壁側に窓がひとつ多くて日当たりがよさそうだ。

眠りは深い方だと思うし、いざとなったら耳栓でもすればいい。

大丈夫大丈夫、と再度自分に言い聞かせる。

ぐるりと裏手に回ってみると、そこの壁には蔦《つた》が茂っていた。一歩間違えば古くさく見えそうなものだが、それがなんとも言えず建物の雰囲気に合っている。

グレーの壁に薄緑色の蔦が鮮やかに映えていて、『もえぎ荘』の名前の由来は、もしかしてこれかもしれないなんてふと考えていた。

部屋の中も見たかったが、前の住民が引越したばかりで室内の点検や清掃が済んでいないから無理だと言われてしまった。間取りは図で確認しているとはいえ、それだけが少し気がかりだ。

でも、それも仕方ない。もはやじっくりと物件を選んでいる余裕はないのだから。

ウェッジソールのサンダルでペタペタとアパートの周りを歩き回っていた萌は、建物を見上げながらようやく安堵の息を吐いた。

この一ヶ月、とある事情から休日平日問わず物件探しに明け暮れていたけど、そんな日々もようやく終わりそうだ。百パーセント満足のいく物件ではないにしても、季節はずれのこの時期に予算内・通勤圏内で見つけられただけでも充分と思った方がいい。

――ここで、私の新しい生活が始まるんだ。

いやが上にも、気持ちはウキウキとはずむ。

そうと決まれば、早急に書類を揃えて不動産屋に提出しなければ。

引越しの準備も始めないと、期日に間に合わなくなる。

よしっと気合を入れながら勢いよく振り向くと、萌はドンッと何かにぶつかった。

「ぶっ!!」

したたかに顔をぶつけて目を開けると、そこにあるのは水色のシャツのまっ平らな胸元だ。

慌てて顔を上げて、それがコンビニ袋を持った背の高い男性だということに気づく。

「す、すみません!!」

口に入ってしまった髪の毛を払いながら焦って頭を下げると、頭上からは柔らかい声色が降ってきた。

「いや、こっちもよく見てなかったから」

その言い方にほっとしつつ顔を上げて男性を見つめ、萌は思わず息を呑んだ。

(うわ、この人めっちゃかっこいいかも……)

戸惑いながらもにっこりと微笑んだ顔は、草食系なふんわりとした表情。いきなり振り返ってぶつかったのは萌の方なのに、やんわりと自分の非を認めてくるのもまた感じがいい。

ゆうに百八十センチはありそうな長身で、女子としてはごく平均的な身長でさらにヒールを履いている萌だが、嫌でも見上げる形になってしまう。

真っ黒くてややクセ毛風の髪が、風にたなびいた。ラフなシャツの姿が、いかにも一人暮らしの男性という感じがしてドキリとする。

手に持っているビニール袋には、確か少し先にあったコンビニの名前がプリントされている。

（ということは、ご近所さんになるのかも⁉）

そんなことまで瞬時に考えてしまうのは、それだけ自分がこの先の生活に浮かれているからだろうか。

「それで……『もえぎ荘』に、何か用でも？」

「へ？」

唐突に言われたことの意味がわからず見つめ返すと、彼はくいくいと人差し指を動かして萌が先ほどまで品定めをしていた建物をさした。

「なんか、さっきからじっくり見ているように思えたから」

言われて、ハッとした。

随分前から建物の周りを何周もぐるぐると歩き回り、近くに寄ったり遠目から眺めたりしていた。こっちはただ物件を見定めているだけのつもりだったが、傍《はた》から見れば怪しい人に思えてもおかしくない。

下手をすれば、ストーカー予備軍の行動だ。

まだ住む前だというのに、ご近所らしきこの青年に誤解されてはたまらない。萌は顔を赤く染めながら、必死に両手をぶんぶんと振った。

「あのっ、違うんです！　私、えっと、これからあそこに住む予定っていうか、その……」

部屋を教えてもらっただけで書類も出していないけれど、この際そんなことはどうでもいい。

必死にまくしたてるとその青年はあっさり萌の言うことを信じて、ああ、と小さく声を漏らした。

「そういえば、お隣さんが引越してったばかりだったっけ」

「え？　ってことは、その……」

「俺、あのアパート……もえぎ荘の住民なの。二階の、左端から二番目」

心臓がドキンと跳ねた。わざわざ確かめなくてもわかってはいたが、念のためアパートを指さして部屋を確認する。

「私が入るの、その、二階の左端の角部屋で……」

「そっか。じゃあこれからお隣さんになるんだね。よろしく」

さらりと言われたセリフが、頭の中でこだまする。

（よろしくって……よろしくって言われちゃった！）

恋愛偏差値が限りなく低い萌には、これだけでも衝撃の展開だ。運命、の二文字が頭を駆け抜ける。

「それじゃあ」

しかし青年の方では特になんの感慨もなかったのか、はたまた萌が怪しい人物ではなか

ったことに安心したのか、ヒラヒラと手を振りながら横をすり抜けていった。

通りすぎる際に、一瞬ふわりと柔軟剤の香りがした。

好奇心を抑えきれずに数秒後に振り返ると、すらりとした背中の彼がカンカンと音を立てて階段を上がり、そのまま古びたドアの向こうへと消えていった。

一目惚れなんて、今までしたことがないからわからない。

でも、ふわふわと舞い上がってしまった気持ちを説明できる言葉は、それしかない。

「うあ……よろしくお願いしますくらい、言えばよかったぁ！」

彼が部屋に消えた数分後にようやく気づいたが、じたばたとその場で足踏みをしてももう遅い。

古めかしいと思った『もえぎ荘』というアパートの名前さえ、彼の口から出るとなんだか親しみやすく聞こえた。

元々このアパートに決めるつもりだったが、さらにその気持ちが固まる。

一刻も早く書類を出して、アパートの契約を済ませてしまわねば。

——彼の、本当のお隣さんになるために。

もう一度だけ彼が消えていったドアを見つめた後に、萌は今度こそ踵《きびす》を返して駅への道を戻り始めた。

第二章　新米社員の憂鬱

事の発端は、一ヶ月前までさかのぼる。

「ウソ⁉　ちょっとこれ、マジですかぁ⁉」

会社の独身寮に住んでいる萌が、食堂で夕食を済ませて部屋に戻ろうとした時のことだった。

いつもはほとんど何も貼られていない掲示板に、『重要』という赤い文字の入った文書らしきものが貼られている。何か大事な知らせだろうかとノコノコと傍《そば》まで近寄って、萌は思わず大声を上げた。

その声があまりに大きかったせいか、同じく食事を終えたばかりだった独身寮の先輩たちがワラワラと掲示板の前に集まってくる。

「あー、これかあ。とうとう決まったんだね。奥野さん、知らなかったの？」

一人の先輩社員の声に、萌は涙目で振り返った。

「皆さんは、知ってたんですか⁉」

「え、知ってたよ。随分前から」

あっさりと言われ、萌一人だけが蒼白となる。

掲示板に貼られていたのは、急遽独身寮を取り壊すことが決定したという会社側からの通達だった。

情の全く感じられない淡々とした文面に、くらりとめまいがしてその場にしゃがみこむ。

「決まっちゃったかあ。まあ仕方ないね」

「んー、私はこれをきっかけに彼氏のところに行っちゃおっかなあ♪」

「うわ、羨ましい。私たちは、ルームシェアしようかって話してたんだよね」

萌の頭上からは、先輩社員たちが好き勝手に話す声がワラワラと降ってくる。

「仕方ないねって……一体どういうことでしょうか……？」

「そっか。奥野さんはこの寮に入ってきたの、今年の春からだもんね」

萌が専門学校を卒業したのはこの春のことで、就職したのもこの独身寮に入ってきたのも同じ頃だ。何を言っているのかわからず恨めしげに見上げると、先輩社員たちは気の毒そうに互いに顔を見合わせた。

「この独身寮、相当古いでしょ？　確か去年の始め頃、なんかの検査で耐震性が引っかかったみたいで、閉鎖するかもしれないってその頃から言われていたんだよね」

「最近は地方出身の新入社員でも、寮に入らずに一人暮らしする子が多くなってたし……会社の方では、独身寮の存在意義みたいのが随分前から疑問視されてたみたいよ」

ねーっと顔を見合わせる先輩たちを、呆然と見返す。

正直、萌には寝耳に水だ。

「そんなぁ！」

「ここに入る時、何も聞いてない？」

「多分……聞いてないと思いますけど……」

弱々しくうなだれて床に手をついた萌の肩を、先輩が軽く数回叩いた。

「これだけの大きさの独身寮を建て替えるとなると会社の出費も相当だし、今の時代を考えたら仕方ないよね。私も寮があるっていうから経済的になんとなく入っただけだけど……これをきっかけに、一人暮らし始めるつもりだから、奥野さんもそうしなよ」

じゃあね、と先輩たちは座り込んだままの萌を残して、それぞれの部屋へと戻っていった。

一人残された萌は、ノロノロと立ち上がり再び貼られた文書に目を通す。

退寮期限までしっかり記されたその文書の内容は、どう考えても簡単にくつがえせそうもない。かといって、ハイそうですかと素直に引き下がるわけにもいかない。

（まだ入寮して三ヶ月くらいしかたってないっていうのに……ひどすぎるよ）ダメ元で明日総務部へ抗議をしてみようと、ひとまず萌も重い足を引きずって自室に戻った。

翌日。

意を決して訪れた総務部での対応は、けんもほろろだった。

「入寮前に渡した資料、ちゃんと目を通した？」

三ヶ月前に入ったばかりでいきなり退寮はひどすぎる、と弱々しくも一応苦情めいたものを漏らすと、担当者の女性社員は形の整った眉を不機嫌そうにひそめた。

首からぶら下げたネームプレートには、堅田《かただ》と名前が記されている。

『名前通りにお堅い堅田さん』とよく噂されているのはこの人だったのか、と納得している場合ではなかった。

萌が働いているのはキャラクターグッズやファンシー雑貨を扱う会社で、いたるところに可愛いらしいグッズが溢れている。女性が多く自由な社風であるにもかかわらず、きっちりとスーツを着こなした堅田はある意味異質で、まるでテレビドラマに出てくるキャリアウーマンのようだ。

どちらかというとラフな格好の萌は、彼女の威圧感に負けて数歩後ずさりをした。

「えっと、資料……ですか？」

「去年から、あそこに入寮する人にはきちんと書類渡して署名してもらってるはずだけど。老朽化が激しいから、いつ壊すことになるかわからない、その際にはちゃんと出ていきますよってやつ。あなた、もらった書類全部にちゃんと目を通した？」

上から目線で言われて、さらに縮み上がる。

入寮の時はたくさんの書類に名前を書かされたんで、ひとつひとつは覚えてないんです……とこの状況で口に出すのは逆効果な気がして、ひとまず口をつぐむ。

「ホラ、あったわ」

書類棚から取り出した重厚なファイルをパラパラとめくっていた彼女は、勝ち誇ったように一枚の紙を取り出した。

確かに、そこに記されているのは紛うことなき自分の名前だ。当然、筆跡も萌のもので間違いない。

「これがある以上、知らなかったでは済まされないわね。独身寮の寮費、随分と格安だったでしょう？　あれは取り壊しのリスクを考慮しての価格だったわけ。今までその恩恵を受けてたんだから、苦情は受け付けません。こっちとしても上で決められたことを変更なんてできないし、このまま粛々と独身寮閉鎖と取り壊し作業を進めさせてもらうしかないのよ。猶予期間内に、さっさと引越し先を決めてちょうだいね」

「そ、そんなぁ」

「寮の廃止が決まって忙しいのはアナタだけじゃないわ。こっちだって春の異動が終わったばかりなのに、余計な仕事が増えてうんざりしてるところなんだから。さ、わかったら行ってくれる？　引越し先が決まったら、転居の届けはお早めに！」

「そ、そんなぁ」

急かされるように総務部を追い立てられ、萌は廊下に出ると再びがっくりとうなだれた。キャラクターを扱う会社らしく可愛らしい壁紙の廊下が大好きだったけれど、今日ばかりはそうは思えなかった。むしろ、微笑みかけてくる壁に描かれたキャラがなんだか恨めしい。

寮での生活リズムに、ようやく慣れてきたところだったのに。

新人として日々の仕事に、ほんの少しだけ慣れてきたところだったのに。

しかし新入社員のちっぽけな要望なんて、通るような状況ではないみたいだ。

仕方なくノロノロと所属部署である商品部に戻り、ファンシーグッズに囲まれたデスクで頭を抱えていると、背中から聞き慣れた声が聞こえてきた。

「奥野？　どうしたの？　アンタ具合でも悪いわけ？」

「梅村《うめむら》さん……」

振り向くとそこには、真っ白なシャツに黒いコクーンスカートをクールに着こなす女性が立っていた。可愛らしい社内の雰囲気とは正反対の、どちらかというと知的なクールビユーティーの彼女は、新人社員の萌の教育係でもある梅村だ。

頭を抱えている萌のデスクに手をつくと、梅村の黒くて長い巻き髪がさらりと肩に流れた。

昨晩、掲示板の貼り紙を見て萌がショックを受けている時にはいなかったが、彼女も独身寮の住民だ。この一大ニュースを知らないはずはない。

萌は精一杯悲愴な顔を浮かべて振り向くと、梅村の白いシャツにすがった。

「梅村さぁぁん！」

「わ！　ちょっと、汚れるじゃない！」

「知ってますよね⁉　独身寮が廃止になるから出ていかなきゃいけないって話……。私、納得いかなくて総務部に行ってきたんですぅ！　そしたら、寮に入る時にいつでも出ますよって契約書にサインしてるんだから、さっさと退寮するようにって……！」

「あー、そのことか」

萌がすがった腕を面倒くさそうにぶらぶらと振りながら、半分呆れた表情で梅村がため息を吐いた。

切れ長の瞳で一見冷たそうな梅村にそうされると、心底拒絶されているようで少しひるむ。しかしそれは見た目だけで、本当は面倒見がよい先輩だということは一緒に仕事をしていく中で知ったことだ。

梅村は黒くて長い髪をかき上げると、なおも腕にすがろうとした萌の腕をほどいた。

「奥野、総務に行ったってことは、もしかしてあの堅田さんとやり合ってきたの？　アンタ意外と根性あるわね」

「担当が噂の堅田さんだとは、知らなかったんですぅ……」

「バッカねえ。どうせ担当者の名前を、ちゃんと見てなかったんでしょ。担当者の欄に『堅田』って名前が書いてあった段階でみんな質問にすら行けないでいたのに。直談判してきたなんて勇気あるわ」

梅村は感心したようにそう言うと、ぽんぽんと萌の頭を優しく叩く。

「そんなことを褒められても、全然嬉しくないですぅ……」

ブツブツとつぶやきながら、萌は冷たいデスクの上にペタリと顔をつけた。

「何、アンタそんなにあの独身寮が好きだったの？　さっさと物件探して、一人暮らしの準備始めたらいいじゃない」

呆れたように言い放つと、梅村は萌が作業を終えて提出するだけになっていた書類を手に取った。

「あ、頼んでた書類できてたのね。できてるんならさっさと出しなさいよーって……それどころじゃないか」

「そりゃあ先輩たちみたいに、軽く一人暮らしでもできれば問題ないでしょうけど……」

書類の束で軽くペシリと頭を叩かれ、つい口から出てしまった恨み事に梅村の方が首を傾げる。

「どうして？　何か事情でもあるわけ？　お金の問題だったら、事情が事情だし会社の方から単身者向けの引越し貸付とか利用できるはずだけど。掲示板に貼り出してあった文書にも書いてあったでしょう？」

「そりゃお金の問題も、あるといえばありますけど……」

引越すための費用や、必要なものを買うお金の問題ももちろんあるが、それは貯金でなんとかなる。

問題は、そこではない。

「じゃあ何よ？」

鬱陶しそうな顔の梅村を、萌は涙目で見上げた。

「うちの両親が、一人暮らしに大反対なんです……」

寮閉鎖の話を聞いた時から、圧倒的に脳裏にちらついていたのは両親のことだった。

一人娘ということに加え小さな頃は身体が弱く病気がちだったせいか、かなり過保護に育てられた自覚はあった。

この会社に内定が決まった時だって『家から通うには遠すぎる』という理由で喜んでくれなかったのは記憶に新しい。

というか——片道で二時間もかかる会社なのに、実家から通うことを全く疑っていなかったのにも驚いたけれど。

会社からの封筒が郵便で自宅に届いた日。震える手で封筒を開けた萌は、中に入っているのが内定通知だとわかり、居間で喜びの雄叫びを上げた。

「どうしたの!?　萌ちゃん」

母が濃い茶色のセミロングの髪を揺らしながら、慌てた様子でキッチンから居間を覗き込んだ。いまだに自分の娘を『ちゃん』づけで呼ぶ母は、どこかほわんとした雰囲気を持つ少女のような人だ。幼稚園の先生がつけていそうなキャラクターもののエプロンが、妙にしっくりくる。萌の可愛いモノ好きは、間違いなく母の影響だと思う。

「見て！　内定通知がきたの！」

大喜びで差し出した内定通知を、同じように何事かと書斎から顔を出した父が手に取った。背も高くいかつい身体の父が持つと、内定通知がとても小さく見える。

最近また老眼が進んだらしく、父は眉間に皺を寄せて内定通知を手元から遠ざけて眺めると、会社の住所を読み上げて益々眉をしかめた。

「ここか？　萌が一番行きたかった会社って」

「そうだよ。めちゃめちゃ嬉しい～！」

部屋の中を踊り回る萌を余所《よそ》に、両親は揃って微妙な表情で内定通知を見つめている。

「大変ねえ、萌ちゃん。結構遠いじゃない？　これなら毎朝五時に起きないと間に合わないんじゃないかしら」

「さすがにこの距離じゃあ、専門学校と違って毎日送ってやるわけにもいかないしなあ」

「……は？」

顔を見合わせて頷く両親は、どうやらふざけているわけではないらしい。

「何言ってるの？　実家から通えるわけないじゃん。会社の近くに住むよ」

呆れた顔で言い放つと、二人は信じられないとでも言いたげに萌を見つめた。

「そんなこと絶対にダメだぞ」

『萌のことが心の底から心配なんだ』という表情を浮かべながら、父はゆっくりと首を振る。

「そうよ萌ちゃん。ほら、よくニュースでやってるでしょ？　一人暮らしの女性が、男性に押し入られたとか放火されたとか。この前だって、確かそんな事件があったじゃない」

母はそう言うと、テレビの横に置いてある週刊誌を手に取りページをめくりだす。

「いや、別に探さなくていいし」

わざわざ聞かされなくとも、そのニュースなら何度もテレビや新聞で報道されていたので知っている。

そうでなくとも、普段から母にはテレビでこの手のニュースが流れるたびにわざわざ呼ばれて『ほら、怖いでしょう？　女の子の一人暮らしは本当危ないんだから！』と何度も言い聞かせられていた。

　母の熱心な刷り込みのせいか、小さい頃は『一人暮らしなんて絶対にしない。ずっとこの家にいるんだ』と信じて疑わなかったが——それも、高校に入るくらいまでだった。

　そんな犯罪に巻き込まれてしまうのはごく一部の人で、そんなことを恐れていては社会に出られない。交通事故にあうのが怖いから歩いて学校には行くな、と小学一年生に言っているみたいだ。

「わざわざそんな家から遠い会社に就職なんてしなくたって、お父さんの知り合いの会社の人が事務の女の子を探していたぞ。地元で働いて家から通いなさい」

　ゴツイ身体とは裏腹に、いつも優しく萌の言うことならなんでも聞いてくれる父だが、これはすんなりいかないらしい。しかし、そんな初めて聞かされた話を信じられるはずもないし、そもそもそこは萌が行きたい会社ではないのだ。

「イヤ。私、どうしてもこの会社で働きたいの」

　萌の反抗に、両親は揃って不安そうに顔を見合わせた。

　しかし、絶対に折れるつもりはなかった。

「社会に出て働こうっていうのは、立派なことよ。でも、ねえお父さん」

「そうだ。お父さんとお母さんは、親として萌を危ない目にあわせたくないだけなんだ。

そもそも一人暮らしをするには、家を探して借りなきゃいけないし、そのためには保証人やら何やらでお父さんとお母さんの協力がなきゃできないんだぞ？」

「じゃあ、これならいいでしょう？」

萌が意気揚々と両親に見せたのは、『女性独身寮』の説明が入った会社のパンフレットだった。

小さな頃から可愛くてふわふわしたものやキャラクターグッズが大好きだった。そんな自分が就職活動中に、ファンシー雑貨やキャラクターグッズを扱うこの会社の新入社員募集を見つけた時は、冗談ではなく運命だと思った。

専門学校生なんてエントリーすら受け付けてもらえないかもと思っていたのに、何がよかったのか最終面接までこぎつけ、大学生に囲まれた面接会場では思いの丈を担当者に目一杯ぶつけた。

内定がもらえたのは、ひとえに可愛いものが大好きな自分の情熱が伝わったのだと思っている。

自力で勝ち取った就職先だ。絶対に、諦めたくない。

そんな萌の必死な気持ちが伝わったのか、両親も渋々ながら女性独身寮に入ることを前提にようやく就職を認めてくれたのだ。

それなのに。

いまさら寮の廃止は、ない。

「なるほどねえ……天然ちゃんだとは常々思ってたけど、さらに箱入り娘だったのか」

部署から自動販売機前の談話室に移動して、切々と訴える萌の話を黙って聞いていた梅村は、ずずーっと紙コップのカフェオレをすすった。

見た目は大人でクールな梅村だが、意外にもその細い腕にはめている腕時計は自社キャラのものだ。胸にささっているボールペンも全てキャラもので、愛社精神が窺える。

「独身寮が廃止になったってのが両親にバレたら……絶対に力ずくでも家に連れ戻されます！」

「まあ、話を聞いてる限りでは、会社に乗り込んでくるくらいはやりかねないね」

あくまで他人事なのか、梅村の口調はどことなく楽しそうにも聞こえた。

「梅村さぁぁぁん！　梅村さんだって独身寮が廃止になったら困りますよね？　一緒に抗議してくださいよ！」

「別に私は困らないよ。もう引越し先も決まってるし」

「い、いつの間に……」

「春の人事が落ち着いたら、独身寮の廃止に手をつけるだろうって噂は流れてたからね。寮費が安いからギリギリまで居座ってやるつもりだったけど、そろそろ潮時だろうとは思ってたから」

「う、裏切り者……」

しれっと言い放った梅村に恨めしげな目線を送ると、彼女はやれやれと言いたげに肩をすくめた。

「でもさ、これって親ばなれするいいチャンスかもよ。奥野の」

「親ばなれ……ですか？　ちゃんと就職して離れて暮らしてるんだし、私はちゃんと親ばなれしてるつもりですけど」

ぶうっと頬を膨らませて抗議をすると、梅村は呆れた顔で再びカフェオレに口をつけた。

「してないって、全然。『両親が反対してるから一人暮らしできませーん』なんてさ。ちょっと情けない。仕事を辞めたくないんなら、物件探してこっそり一人暮らし始めちゃえばいいじゃない。部屋を借りる時の保証人なら、寮の廃止っていう特殊事情があるから上司だって総務だってやってくれると思うよ。なんなら、私がなってあげてもいいし」

「そんな、こと……」

できない、と言いかけて、それが不可能ではないことに気づいた。

「そっか。そう、ですよね……」

「アンタ、成人してるんだよ？　ちゃんと会社に就職して、仕事だってしてる。いっぱしの大人なんだから、できない理由はないよ。別に引越しましたって連絡が両親に行くわけじゃないんだし」

梅村に言われて、両親からの束縛に離れてもなお縛り付けられていることに気づいた。

確かに、萌はもうれっきとした大人だ。両親が嫌いなわけではないし、良好な関係をずっと築きたいとは思っているが……それとこれとは話は別。

独身寮の廃止がどうにもならないなら、両親に知られるより先にさっさと新しい家を探して引越してしまえばいい。

幸い、入寮の際についてきた両親は、男性は父親さえ入れないという独身寮の決まりにいたく安心して帰っていった。萌の方からこまめに帰省することを心がけていれば、しばらくはこちらに突然来るようなこともないだろう。

「決めました！　私、一人暮らしします！　新しいおうちを見つけて！」

手にしていたミルクティーの紙コップを握りしめながら立ち上がった萌に、梅村は苦笑した。

「まあがんばって。物件探しは早めの方がいいよ。引越しの準備も、時間かかるだろうしね。じゃー仕事に戻るよ」

「はい！　梅村さん、ありがとうございます～」

一筋の光が見えてきた。紙コップをゴミ箱に捨てて部署に戻る梅村の後に続きながら、つい足取りが軽くなる。

（そうと決まれば……早速今日、仕事が終わったら不動産屋さんに行ってみようっと）

まずは、少しでも早く仕事を済ませてしまおう。仕事といっても、入社間もない自分の仕事は雑用ばかりだけれど……。それでも萌は、気持ちを引き締めて背筋をしゃんと伸ばした。

しかし。


「今の時期は、ちょうど春の引越しシーズンが終わったばかりで、オススメできるようなめぼしい物件が……」

仕事が終わってすぐに飛び込んだ不動産屋で、申し訳なさそうな営業スマイルを浮かべながら担当者が萌に頭を下げた。

どうやら引越しや物件探しにもシーズンというものがあるらしい。二十一年間生きてきて、初めてそれを知る。

「そうですか……ありがとうございました……」

そう言ってすぐさま別の不動産屋に行ってみたが、そこでも似たような反応だ。

自分の望んだ条件が厳しいのだろうかと、やや希望の間取りや居住希望地区の範囲を広げてみても、変わりがない。

たまたまかもしれない、と早く仕事が終わった日や休日、何軒もの不動産屋をはしごしてみても、状況は同じような感じだ。

段々と、焦り始めた。

のんびり構えていたわけではないが、新入社員として慣れない仕事に奮闘しているせいもあり、物件探しが進まない。たまたま希望に近い物件が見つかっても、日を改めて見に……などと言っている間に借り手が見つかってしまう。

タイミングの悪さも重なり、気づけば独身寮の廃止は一ヶ月後に迫ってしまっていた。ぼちぼちと寮の退却日を待たずして出ていく社員も増え始め、廊下には引越し会社の名前が入ったダンボールがちらほらと並ぶ。

そんな廊下をとぼとぼと歩きながら、やっぱり二時間かけて実家から通おうか……と弱気な気持ちまで湧いてきて、振り払うようにぶんぶんと首を振った。

どう考えたって、片道二時間は遠すぎる。さらに、少なからず独身寮で一人の自由さを味わってしまった後では、実家で暮らすことは相当息苦しい。

（もしかして、大手の不動産屋を回るより、地元に根付いてるっぽいお店を探した方がいいのかも？）

今日決まらないといよいよマズイ、と自覚した日曜日。

恐る恐る飛び込んでみた小さな不動産屋で紹介されたのが、あの趣のある古びたアパート『もえぎ荘』だった。

「ちょうど、前の人が急に出てくことが決まって店頭に出す前の物件があるよ」

昔ながらの不動産屋、という言い方がぴったりの小さな店舗。勇気を出して飛び込み部屋を探していることを告げると、年配の店主はごそごそと机にうずたかく積まれた書類の束を探った。

今まで断り文句ばかりを耳にしていた萌は、その言葉がにわかには信じられずに身を乗り出す。

「ほ、本当ですか!?」

「間取り的にも予算的にも、お客さんの条件内におさまってると思うけどねえ」

小さな不動産屋にぴったりな雰囲気の、年配でどっぷりとした体格の店主が、メガネをかけ直しながら萌に一枚の紙を渡してきた。間取り図や住所の載った、物件の資料だ。それを、食い入るように見つめる。

確かに予算内。間取りも問題ない。駅までも、それほど遠くはなさそう。独身寮より相当遠くはなるが、それでも電車の乗り換えも一度で済む。

「ちょっと築年数はたってるけど……大家さんの手入れもしっかりしてるし、そこの街じゃあ特別古いってわけじゃない。お嬢さん、タイミングがいいね」

どちらがお客さんだかわからない横柄な態度で、店主は椅子にふんぞり返った。

「すぐに書類を揃えられるのなら、店頭に貼り出さないで待っててあげるけど……貼り出したら、これくらいの物件ならすぐに借り手がついちゃうだろうねえ」

足元を見られているかもしれないが、そんなことはどうでもよかった。

「す、すぐに書類揃えます！　今住んでる会社の寮の廃止が決まっちゃってて、私すぐにでも引越し先を見つけないといけないんです」

「おや、それは本当に運がよかったねえ」

店主にうまい具合に誘導されてる気もチラリとしたが、実際物件がなかなか決まらなかったのも事実だ。運がいいと言われれば、段々とその気になってきた。

「清掃が済んでないから中には入れないけど、外観だけでも見に行くかい？」

「い、行きます!!」

「じゃあ地図をコピーしてあげるよ」

ここ一ヶ月の悩みに、ようやく解決の道筋が見えた。

萌はハーッと安堵の息を吐くと、まだ見ぬ新居への夢を膨らませてウキウキと地図を受け取っていた。

第三章　お隣さんにご挨拶

新人の分際で、と梅村に軽く嫌みを言われながら取った初めての有給休暇。

萌はせっせと汗をかきながら引越しの作業に追われていた。

料金の安さで選んだ一人暮らし用の引越しパックは、運転手以外の運び手はいない。急遽駆けつけてくれた友人たちに感謝しつつ、協力して荷物を運び込む。

「萌、独身寮だったんだよねー？　全部備え付けの。その割には家電とか多くない？」

「あーそれね、寮から譲ってもらったんだよ。取り壊しになったらどーせ全部廃棄になるからって。古いのも多いけど……お金もないし、もらうことにしたんだ」

寮に備え付けの備品や家電を譲るという話になった時、一番に優遇してもらえたのが萌だった。ここは新人の特権を、ありがたく受けることにした。

多少古さが気になるものもあったが、背に腹は代えられない。何よりアパート自体にかなり年季が入っているから、きっと部屋に溶け込むはずと開き直った。

「まあでも初期投資は少ない方がいいし、これはこれで味があるんじゃない？　このアパートの雰囲気にも、合うかもしれないよね」

友人たちと話しつつも、萌は緊張しながら部屋の鍵を開けた。

外見は確認していたけれど、もえぎ荘の中に入ったのは引越し当日の今日が初めてだ。

我ながら無謀すぎると思いつつゆっくりと部屋のドアを開けると、予想に反して白くて明るい壁紙が目に映った。きっと、内装はリフォームをしているのだろう。床こそ少し古い感じのフローリングだけど、壁や天井は真っ白で、備え付けのキッチンも清潔そうなステンレスだ。

古い建物特有のじめっとした雰囲気は全くなく、覗いたお風呂やトイレにもカビ臭さはない。

「よかった、ちゃんとトイレは洋式だった……」

トイレのドアを開けたままつぶやいた萌の言葉に、友人たちがどっと笑った。

「今時、和式のトイレなんてついてるわけないじゃん！」

「だ、だってこの外観だよ？　もしかしてありえるかもと思って、一応覚悟はしてたんだから！」

「でも、なんかレトロな建物だよねー！　フローリングとか、ちょっと古くさい感じが逆に可愛いかも」

「でも、壁とか天井はむしろ汚さないように気をつけなきゃって思うくらい白いね。焼肉とかやったらダメだよ、萌」

友人たちの評価を聞きながら、萌も内心ほっとしていた。

中も見ずに急遽決めた物件で、仕方ないと言い聞かせつつも正直不安だらけだったのだ。

(いくら隣に住んでるのがイケメンだっていっても、やっぱり自分の生活が第一だもんね……)

「萌、ぼーっとしてどうしたの？　日が暮れる前に色々片付けとかしちゃった方がいいんじゃないー？」

「あ、ごめん！」

友人たちに急かされ、萌は慌ててダンボールのガムテープを剥がし始めた。


「今日は本当にありがとう！」

「いいっていいって。落ち着いたら引越しパーティーでも開いてよねー」

友人たちの手際よい働きのお陰で、夕方にはどうにか布団を敷いて眠れるくらいのレベルにまで片付いた。

心の底から感謝しつつ彼女たちを外まで見送った後、萌も歩いて近所のコンビニへと買い物に出かけることにした。

とはいえ、コンビニに行くだけでは面白くない。遠回りをしてみようとなんとなく人通りの多そうな方へ勘を働かせて歩いてみると、商店街へと誘導するレトロな看板が目についた。看板の指示どおりに道を曲がってみると、その先には結構な数の店が立ち並ぶ商店街が広がっていた。

（へえ、こんなところに商店街がある。スーパーが遠いから不便かもと思ってたけど……ちょっとしたものならこの辺で揃うんだ）

通勤路とは別方向なので下見に来た時には気づかなかったが、もえぎ荘からは歩いて数分という近さだ。店先に婦人靴がたくさん並ぶ靴屋に始まり、その隣は八百屋、さらに奥には肉屋や惣菜屋も見える。すでに日が暮れて夕食時にもかかわらず、商店街を行き交う人の数は少なくない。仕事帰りと思われる女性が子供の手を引いて慌ただしく買い物をしていたり、少し顔の赤い年配の男性がお惣菜の入った袋を提げて機嫌よさげに歩いている。並んでいる店にも、新しくはないが活気が感じられた。

実家にいたころは買い物といえば大型スーパーを利用することがほとんどで、こんな昔ながらの商店街なんて来たこともなかった。実家周辺は、比較的新しいベッドタウンということもあったのだと思う。

今までの自分には全く馴染みのなかった場所なだけに、新しい生活が始まったことを強く実感する。

(これだよこれ！　知らない場所での新しい生活！)

『これぞ一人暮らし』という感じがしてきて、萌ははずむような足取りで八百屋の店頭を覗き込んだ。

「いらっしゃい、お姉さん！　安くするよー」

威勢のいい中年の男性にいきなり声をかけられて、萌の背筋がぴんと伸びる。

「何か探してるのかい？」

「え、えっと……」

まさか、ただ覗いていただけとも言えない。

「あの、じゃ、きゅうりを」

焦ってひとまず目の前にあったきゅうりを指さすと、店主と思しきその男性はすかさずカゴを手に持った。

「お姉さん、一人暮らしかい？　この量で多くないの？」

(あ、言われてみれば……)

カゴに入ったきゅうりの山は軽く十本はありそうで、確かに萌一人で食べるには多すぎる量で考え込む。

「半分にしてあげようか？」

「え、いいんですか？」

「いいのいいの。せっかく買ってくれても食べきれなかったら意味ないからね」

そう言うと店主はひょいひょいと本数を減らして、ビニール袋にきゅうりを詰め込んだ。

スーパーで買い物をするのとは全く違う感覚に、萌の心が踊る。

「あ、それじゃあ、りんごもひとつ」

「はいよ。お姉さん、エコバッグ持ってるかい？」

まさか商店街で買い物をするつもりではなかったので、何も持っていない。素直にそう告げると、店主は白いレジ袋にきゅうりとりんごを詰めてくれた。

「あの、レジ袋代は……」

「いいっていいって。その代わり、次の時はエコバッグ持参でね！」

（うわー、レジ袋が無料！）

ぺこりと頭を下げて買い物した野菜を受け取り、萌はスキップしそうな勢いで店を出た。

続いて隣の肉屋の前を通ると、今度はぷんと何かを揚げる油の香りがする。

匂いにつられて立ち止まると、すかさずお店の人の声が萌に向けられた。

「コロッケが揚げたてですよー。一個からでも大丈夫！　お姉さん、どうですか？」

「じゃあ……一個ください！」

雰囲気で、一人暮らしだとわかるのだろうか。不思議に思いながらも揚げたてのほくほくしたコロッケを受け取り、野菜の入ったレジ袋に一緒に突っ込む。

数軒先にはさらにお惣菜屋さんがあり、今度はおにぎりを買った。今日の夜ご飯はコンビニのお弁当で済ませるつもりだったのに、思いがけず温かみのあるものを買えてなんだか嬉しい。

結局、当初行くつもりだったコンビニで買ったのは、明日の朝に食べる予定の食パンとインスタントコーヒーの粉だけだった。

これでパン屋があれば言うことがないけれど、そこまで言ったら欲張りだ。

(あー、本当に一人暮らしが始まったんだあ!)

両親の知らないところで生活をしているという罪悪感も多少あるけれど、生活の基盤がしっかりしてからちゃんと報告すればいい。ずっと内緒なわけじゃないから……と言い聞かせることで、気持ちを紛らわす。

ふんふん鼻歌まじりに、来た道とは違う少し遠回りの道を歩く。暮れかけた陽が、住宅街をオレンジ色に染め上げる。美しくもどこか温かな景色は、萌のこれからの生活を祝福しているみたいだ。

上機嫌であたりを眺めつつ歩いていると、ふと砂利の敷き詰められた小道があるのに気づいた。

「ここ、なんだろ」

まるで神社やお寺に通じる道みたいだが、そんな建物があるとも思えない。どこかへ通じる抜け道だろうかと、住宅の隙間の砂利道を萌はひょっこりと覗いてみた。するとそこには萌の太腿くらいまでしかない小さな祠がある。

「わ、なんだろ。お地蔵様……?」

小さな屋根付きの祠の中にあったのは、こぢんまりとしたお地蔵様だった。小さな小さな姿だが、その前にはお菓子や花が並べられている。こんなひっそりとしたお地蔵様でも、地域の人には大切な存在なのかもしれない。

福福とした顔を眺めていると、萌もなんだか手を合わせたくなった。屈んで、パチンと両手を合わせて目を瞑る。

(ステキな出会いがありますように……とかお願いしたら、罰当たりかな)

んーっと少しだけ考えてから、一人暮らしが順調にできますようにとお願いをしなおす。お供え物もないくせに図々しい気もするけれど、それは次の時に持ってこようと思い立ち上がった。

(いいなあ。この街、すっごく気に入った!)

もえぎ荘の内装は意外とキレイだったし、商店街はなんだか面白い。一本小道を入ればこんな可愛いお地蔵様もあるし、何もかもが新鮮だ。

元の道に戻り、ビニール袋をガサガサと揺らしながら、萌ははずむようにもえぎ荘へと歩いていった。

案外、一人暮らしなんて大したことない。

テンポよくアパートの階段を上りきりポケットの中から鍵を取り出すと、ドアノブに差し込んだ。鍵を右に回して開けてから、部屋に入ってドアを閉め中からしっかりと鍵をかける。

『ガチャリ』と無機質な音が玄関に響いた時に、はっと気づいた。

初めて、一人きりで部屋の中にいることに。

「うわ、なんか静か……」

テレビもつけてない部屋で、自分の声が大きく響く。さっきまでの浮ついた気持ちは一気に引いていき、その代わりに心細さがぐんと押し寄せた。

専門学校を出るまではずっと実家住まいだったし、今年の春に就職してからは独身寮。食堂や談話室に行けば誰かがいたし、自分の部屋にいてもなんとなく他者の気配を感じることができた。

でも、今は完全に一人だ。

ひとまず買ってきた食材を冷蔵庫に突っ込んでから、窓にカーテンをかけていないことに気づいた。

これでは、外から丸見えだ。

急いであちこちのダンボールを開けて、ようやく見つけたカーテンを引っ張りだす。アイロンをかけていないから皺くちゃのままだが、一刻も早く丸見えのこの部屋と自分を隠したい。背伸びをしながらようやくカーテンを吊るし、きっちりと閉めてほっと息を吐いた。

当たり前にあったものがない、自分だけの部屋。

自分が動かなければ、変化してくれない空間。

自分で自分を、守らなければならない生活。

寂しさのせいなのか、わけのわからない重圧めいたものに押しつぶされそうになる。

「音楽でもかけよっかな」

元気を出そうとわざと口に出してみても、余計に虚しさが募った。

さらに、音楽をかけようにもCDが入っているダンボールがわからない。

それならテレビをつけようと思ったが、どこにどう配線を繋げばいいのかさっぱりわからない。引越しで疲れた身体と精神力では、テレビの説明書を出す気力もなかった。

（一人暮らしって、案外寂しいのかな……）

仕方なく早めのご飯でも食べようと、小さな丸テーブルの前に座り買ってきたばかりのおにぎりと惣菜を取り出した。

惣菜屋さんのものとはいえ、誰かが作ってくれたものを口にできるのがなんだかありがたい気分だ。

（家でのお母さんのご飯も、寮で作ってもらってるご飯も、なんか当たり前に食べてたなぁ……）

おにぎりを噛みしめながら、心細さが募る。

やらなきゃいけないことはたくさんあるけれど、こんな日はさっさと寝てしまった方がいいのかもしれない。

そう思って小さく息を吐いたところで、どこかからゴトンとくぐもった物音がした。

「な、なに!?」

びくんと身体が強張《こわば》る。続けて、キイッとドアを開けるような音まで聞こえてきた。

もちろん、この部屋からではない。だとしたら。

（もしかして、隣……？）

角部屋のこの部屋に、隣はひとつしかない。しかもそこの住人は、外観だけを下見に来た時に出会ったあの青年のはずだ。

なぜだか身動《みじろ》ぎもできずにおにぎりを握りしめ固まったままでいると、今度は蛇口をひねったような音が聞こえてきた。なんだかわからないが、ガシャンと金属音もする。

隣の部屋の、そんな音まで聞こえてくるなんて。

（これって……普通のことなのかな？）

驚きと戸惑いで、どうしていいかわからず視線だけを壁側に向ける。しかし、音を立てているのがあの彼だと思い始めると、それほど不快でもない。

むしろ、嬉しいような複雑な感情だ。

自分はちょっと、おかしいだろうか。

(そうだ、引越しのご挨拶！)

引越しといえば、お隣さんへのご挨拶。

実際に皆がしているかは知らないが、隣人が彼だとわかってるなら話は別だ。

チャンスがあればと一応用意してあった菓子折を手に、萌は急いで外へと飛び出した。

隣のドアの前で、萌は何度も深呼吸を繰り返してからゆっくりとチャイムを押した。ピンポーン、とやや間延びした音を聞きながら、前髪を手櫛でささっと整えすました顔を作ってドアが開くのを待つ。

しかし、なかなか彼が出てこない。

(……あれ？　家にいる、よね……？)

もしかして、気のせいだったろうか。そんなわけないと思いつつ、つい勢いで来てしまったことに不安を感じ始めていた頃。

「……はい」

閉ざされたままのドアの向こうから、低くてこもった声が聞こえてきた。

ドアが開かないパターンは、考えていなかった。慌てて、大きな声で呼びかける。

「あっ、あの！　私、隣に引越してきた奥野と申しますが……」

その続きは、なんて言えばいいのだろう。どうしていいかわからずもじもじと手にした菓子折をいじっていると、静かにドアが開いた。

「ああ、この間の」

聞いたことのある声に顔を輝かせながら上げ、そのまま萌の表情が固まった。

急いで出てきたのか、彼は素肌にワイシャツを羽織っただけの、なんとも刺激的な格好だった。水色のワイシャツから見える身体は、すらりと細いがほどよく筋肉がついている。

まさに、好みのタイプ。

なんて、うっとり見つめている場合ではなかった。

凝視してしまったことに気づいて慌てて目線を下げると、彼の方でも気まずそうにシャツのボタンをふたつ止めた。

「ごめん。ちょうど帰ってきたばっかで、着替えようとしてたとこだったから」

「そ、そう……あ、そうなんですか」

一瞬、『そうですよね』と言いそうになって、慌てて言い直す。

まさか、帰ってきた音がしましたなんて言うわけにもいかない。引越し初日に隣の様子を窺っていたなんて、気持ちが悪いと思われてしまう。

萌は気を取り直すと、手にしていた菓子折をそっと彼の方に差し出した。

「あの、今日引越してきたんで、ご挨拶にと思いまして……。改めまして、奥野萌と申します」

「それはご丁寧にどうも、奥野さん」

萌が差し出した菓子折りを受け取りながら、彼はふわりと微笑んだ。

「じゃあ正式にお隣さんだね。よろしく。三浦《みうら》です。三浦慎司《しんじ》」

「三浦、さん」

オウム返しに萌が繰り返すと、彼は大事そうに菓子折を下駄箱の上に置いた。

「こんな格好でごめんね。まあお隣さんになったのも何かの縁だろうし、困ったことがあったら気軽に言って。一人暮らし……なのかな?」

「は、はい、そうなんです! ありがとうございます」

勢いよくぴょこんと頭を下げると、彼はくすりと口の端を上げた。その表情に見とれそうになって、あたふたと目を逸らす。

「この辺は昔ながらの下町って感じで、それほど治安も悪くはないと思うけど……何があるかわからないから、用心してね。あ、彼氏とかいるなら余計なお世話だったかな」

「い、いません! 彼氏いません!」

勢いよく答えつつ、また彼の姿を直視してしまう。裏返った自分の声にもだけど、ボタンを留めはしたもののまだセクシーには変わりない彼の姿に、またまた恥ずかしくなって俯く。ふっと彼が笑いながら息を吐いたのが聞こえて、頬がほんのり赤くなるのを感じていた。

いくら素敵な人だからといって初っ端の挨拶からこんなに意識しまくりでは、怪しい隣人扱いされてしまうかもしれない。ここは退散するに限ると、萌はそろそろと目線を上げて彼の口元あたりを見つめた。

「じゃあ、あの、帰ってきたばかりなのに、突然すみませんでした」

「とんでもない。ありがとう。じゃあまた」

そして、静かにパタンとドアが閉じた。

(じゃあまた、だって！)

駆けだしたい衝動にかられるが、残念ながら萌の部屋はすぐ隣だ。

さっき隣の部屋から音が聞こえてきたように、自分の部屋の音も漏れていたら恥ずかしい。萌はそーっと静かにドアを閉めると、鍵とチェーンをかけた。

隣からは、部屋を歩く足音が聞こえる。

それにしても、随分と薄い壁だ。独身寮の方がよっぽど静かだったと思ったが、あそこは鉄筋だったから比べても参考にはならない。

（こんなに隣の音が聞こえてくるのって、なんかおかしい気もするけど……古い建物だから、仕方ないのかな）

欠陥住宅とまでは言わないかもしれないが、それでもこの壁は少し薄すぎるんじゃないだろうか。

萌はなるべく足音を立てないように歩くと、すとんとテーブルの前に腰を下ろした。

それと同時に、あくびがこみ上げる。

引越しの疲れが、一気に出てきたようだ。今日はもう寝てしまおうと決め、手早く食べ終わった惣菜のパックを片付けた。

さっきまでの心細くてたまらない気持ちが消えてしまったのは、隣に住んでいる慎司の存在が大きい。

改めて隣の音に耳をすましていると、ガチャンとどこかの扉を開ける音がした。それに続いてぱりぱりとビニール袋を破くような音がして、カラカラとお皿に何かを入れているようだ。

（今のは、スナック菓子とかをお皿にあけた音かな）

ソファかベッドにでも腰掛けたのか、ぎしりと軋んだ音が聞こえる。

仕事が終わって、ゆっくりテレビかＤＶＤでも見るのかもしれない。

音だけでこんなに想像を膨らませることができるなんて、自分でもびっくりだ。誰が住んでいるのかわかっているからか、うるさいとも気になるとも全く思わず、むしろ安心感が一番だった。

勝手に慎司に対して、親近感を覚えてしまう。

シャワーを済ませてパジャマに着替えた萌は、部屋の中央に布団を敷こうとしてから、一瞬考えてやや壁際に布団を敷いた。

そして、素早く布団に潜り込むと、あっという間に眠りに落ちていった。

第四章　深夜の物音

　翌日から、有給を取った仕返しとでも言いたくなるほどの忙しい日々が続いた。仕事の帰りに買い物をしていこうか、初日に見つけた商店街をもっと歩こうか——そう色々と計画していたことが、全てパーになった。

　せいぜい、帰宅してからなんとか洗濯をするくらいが精一杯。自炊などもってのほかで、コンビニ弁当に頼る日々だ。

　さすがにこのままでは女子的にマズイと思い始めた金曜日。ようやく仕事がひと段落して、部内は定時近くに帰れそうな雰囲気で満ちていた。

「奥野、どう？　一人暮らしの調子はー？」

　萌の仕事の進み具合を確認していた梅村が、ふと思い出したようにニヤニヤとしながら言ってきた。

「どうって言われても……引越ししてからすぐに残業続きの日々が始まっちゃったんで、何もできてないですよー。本当、寝るためだけに帰ってるって感じで、独身寮にいる時と変わらないかな」

「お、意外。寂しいとかないいんだ？　随分と箱入り娘っぽい感じだから、一人暮らしに耐えられなくてホームシックになってるんじゃないかって思ってたのに」

引越し初日の寂しくてたまらなかった気持ちを思い出し、萌は若干引きつった笑顔を浮かべた。

まさか、『隣に住んでいるイケメンの生活音が聞こえてくるので寂しくないです』とは言えない。どこの変態だよ、と心の中でこっそりつぶやく。

「大丈夫ですってば！　そんな子供扱いしないでくださいよー」

「そうやって拗ねてほっぺた膨らましてるうちは、いつまでも子供扱いするわよ」

梅村に人差し指でつんつんと頰を突かれ、萌は慌てて頰を引っ込めた。

仕事を教える時はどこまでも厳しい梅村だけれど、時折こうして優しく親しげな様子を覗かせる。一人っ子であまり年上と絡むことのなかった萌には、梅村が姉のような存在に思える時もある。

「そうそう。今日の夜、あいてる？　ようやく仕事も一段落したし、部署のみんなで飲みに行こうかって話してたんだけど」

萌の頬をつつくのを止めた梅村は、思い出したように言った。女性が多いせいかランチの誘いはあっても飲み会はそれほど多くない職場なので、一瞬どうしようか迷う。

ここは新人としては出ておくべきか……と思いつつも、正直、懐が厳しかった。

「うー……今回はやめておきます。引越しで結構な金額が飛んでいっちゃって、今は金欠なんですよ」

「ああ、そっか。仕方ないわね。新人は奥野だけだけど、他にも若い子はたくさんいるからアンタだけ奢ってあげるってわけにもいかないし」

本当は行きたいところなので梅村にあっさりと引き下がられたのは多少寂しいけれど、実際ここで無理をしても意味はない。

「じゃあ、今度個人的に引越し祝いに連れてってあげるよ」

「やったあ！　さすが梅村さん！　期待してます」

「調子いいわね」

梅村は苦笑いをしながらコツンと萌の頭を小突くと、デスクを去っていった。

飲み会は行けないけれど、次回どこかに連れていってもらえるのならそれほど後悔もない。今日は予定通り、生活の必需品を買って素直にもえぎ荘に帰ることにしよう。

萌はなんとなく嬉しくなりながら、残りの仕事を一分でも早く片付けるべくモニターに並んだ数字の羅列に目を移した。

定時通りというわけにはいかなかったけれど、この一週間の中では一番早い終業時間になった。

「じゃあ奥野さん、残念だけど次回ね！」

「はーい。お疲れ様でした！」

飲み会へと向かう先輩たちを会社の玄関前で見送った後、萌は足取りも軽く駅へ歩き出した。

（足りないものは……なんだっけ。キッチンペーパーと食器洗い洗剤と……）

梅村が言うように『箱入り』に近い状態で育てられた自覚はあったけれど、だからといって両親は手放しに萌を甘やかしたわけではない。特に母親には、女の子なら当たり前のたしなみだと家事を随分と手伝わされた。

高校に入ってからはお弁当作りも自分でするようになったのもあり、料理を含めてひと通りのことはこなせる。その点は、ただ甘やかすだけじゃなかった両親に感謝だ。

駅前のホームセンターで買い物をして、そのままブラブラと商店街をうろついた後にもえぎ荘へと帰る。

鍵を開けて中に入りチェーンをかけるという一連の動作も、随分慣れてきた。

家の中に入って一瞬耳をすますが、隣の部屋からはなんの物音もしない。どうやら、まだ慎司は帰宅していないようだ。いつもより随分早い時間だから当たり前だと思いつつ、しんとして何も音が聞こえてこないのがなんとなく寂しい。

もし、萌がこっそりこんなことをしているなんて慎司に知られたら、間違いなく気味が悪いと思われてしまいそうだけど。

(別に盗み聞きしてるわけじゃなくて、勝手に聞こえてくるんだもん！ 仕方ないじゃん)

誰もいないというのについ心の中で言い訳をしながら、萌はドンドンとわざと足音をたてながら部屋の中に入った。


久々にゆっくりと夜ご飯を食べ終え、まだ片付いていないダンボールを開けて中身を整理するのに没頭していたら、気づけばあっという間に日付の変わる時刻になっていた。

相変わらず隣の部屋には、なんの気配もない。

最初にアパートの前で会った時はカジュアルな装いだったが、引越しの挨拶をしに行った時にはワイシャツにスラックスという姿だった。

ということは、きっとサラリーマンだと勝手に見当をつける。

だとしたら、金曜日の夜。萌もそうだったように、飲み会ということも考えられる。

隣から物音がしないなんて普通のことなのに、引越して以来それを心の拠り所にしていた萌にとっては、なんとなく寂しい。

「今日はもう寝て、明日またやろうかなあ。どうせ明日も予定ないしー」

わざと声に出してから、萌はうーんと上に伸びをした。一人で住むようになると、独り言が増えるというのはどうやら本当みたいだ。

うら若き乙女が土日になんの予定もないとは虚しいけれど、そこを考えるのはよそう。

ダンボールから出しただけの荷物が部屋に散らばっているけれど、それを叱る人は誰もいない。

片付け途中の荷物を適当に部屋の隅に寄せると、萌はパジャマに着替えていつものように壁際に布団を敷いた。

『…………っ……』

ぐっすりと眠っていた真夜中。

なんだか声が聞こえた気がして、萌はパチリと目を開けた。

眠りは深い方だとずっと思っていた。普段はあまり夜中に目を覚ますことなどないので、そんな自分に驚いているうちに、再び何かが聞こえてくる。

『……ん……っ…………ぁ……』

女性の声のような気がする。何かを堪えているような、うめき声にも似た声。

なんだろう、何か苦しんでる声みたい……と萌が不安になり始めた時、その懸念が全くの的はずれであることを知る。

『あ……ぁん…………ゃぁ……ん、んっ』

(こ、これは!!)

布団の中で、ガチンと身体が固まった。恥ずかしながらこの歳まで、彼氏ができたこともなければそういった経験もない。そんな萌でもわかる、艶めいた声。

『……ふっ…………んん……』

一度意識してしまうと、その声がどんどん大きく聞こえてきた。顔が、自然と赤くなる。

しかも、この部屋にそういう声が聞こえてくるということは、その出処はひとつしかない。

(隣の……三浦さんの部屋……?)

ガンと頭を殴られたような衝撃が走った後に、どこかで『そりゃそうだ』と妙に冷めた感情が湧いた。

正確な年齢は知らないけど、おそらく二十代半ばくらいのサラリーマン。

優しい雰囲気で草食系のイケメンに、華奢そうに見えて意外に引き締まった身体。

彼女がいない方が、おかしいといえばおかしい。

（ちょっと優しく声をかけてもらったからって、何期待してたんだろ。よく考えてみたら、あんなかっこいい人に彼女がいないわけ、ないのに……）

萌がそんな負の感情に囚われて悶々としている間も、隣の部屋から聞こえてくる情事の声は細々と続いている。

『……や、だめぇ……あん……』

それに答えるような、低い男の声。

なるほど。こういう淫らな声でも、低くてこもりがちな男性より高くて通る女性の声の方が漏れやすいんだな——なんてことを、情けなくも考えてしまう。

他人のセックスの現場なんて、見たこともなければ聞いてしまうのだって初めてだ。どうしていいかわからずただただ布団の中でじっとしてはいたものの、時折聞こえる男性の囁くような声に、萌の気持ちはどんどん沈み込んでいった。

女性に艶っぽい淫らな声を上げさせているのは、間違いなく慎司なのだ。

（なんか、もう聞きたくないよ……）

１ＤＫの部屋に、逃げ場なんてない。

こんな時間に外に行くわけにもいかない。

どうしようかと逡巡した末、『耳を塞ぐ』という原始的な逃げ方にたどり着いた。

（通勤用のバッグの中に、ミュージックプレーヤーが入ってるから……）

布団を静かにめくって起き上がると、なるべく音をたてないようにと四つん這いになってそろそろと移動をする。

悪いことをしているわけではないけれど、自分の存在を意識されたくない。この感情を、自意識過剰とは言わないだろう。

(確かあのバッグ、帰ってきてすぐに床にぽんって置いたはず……)

「!!」

ガシャン、と派手な音がした。暗くてよく見えず、丸テーブルに激しくぶつかってしまった。続けて、

「うわっ！」

その上に置いてあったジュースの飲み残しがこぼれ、思わず声を出してしまった。片付けないで眠ってしまったのが災いして、積んであった雑誌の上にジュースが流れる。慌ててジュースを持ち上げ、その辺に置いてあったタオルでごしごしと床を拭く。

ガサガサと動き回る萌の気配が伝わってしまったのか、隣の部屋の音がシンと止んだ。

(うわ、気まずすぎる……もしかして、嫌がらせだと思われた……?)

どうしようとそのまま数秒間固まったままだったけれど、開き直りに近い気持ちで立ち上がりバッグを手に取った。手を突っ込んで中を探ると、暗闇の中でも目当てのミュージックプレーヤーはすぐに見つかった。

知らない。私は悪くない。

そんな気持ちで即座にイヤホンを耳に突っ込むと、とりあえずどんな曲でもいいやとボリュームを上げて再生ボタンを押した。とたんに、電車の中で聞いていたR&Bが流れだす。

これで、何も聞こえない。

本当なら布団を反対の壁側に敷き直したいところだけれど、それをやるとさらにガタガタと物音を立ててしまう。

（いいや、別に。もう聞こえないんだから……）

萌は布団を頭までかぶると、ぎゅっと目を閉じた。

いつの間に眠ったのかわからない。

しかし気づけば部屋には陽の光が差し込んでいて、耳に入れたはずのイヤホンも寝相のせいなのかはずれていた。

ミュージックプレーヤーは、充電切れで画面が消えている。

ノロノロと起き上がって息を殺しつつ隣を窺ってみても、物音は聞こえない。

携帯を確認すると、時刻はすでに昼近かった。

仕事に行ったのか。それとも彼女とデートの可能性もある。

（それか、昨夜の疲れで二人で寝てたりして……）

そう考えてから、はっとして顔を手で覆った。

最低。こんなこと考えてるなんて、ストーカーみたいじゃん。

そもそも、こんなに隣の部屋の生活音が聞こえてくることって、あるんだろうか。いてもたってもいられなくなり、萌はひとまず出かける準備をしようと立ち上がって布団をたたみ始めた。


こんな時に頼る相手となれば、真っ先に浮かぶのは一人しかいない。

「あんたねえ……」

電話をかけて住所を聞き出し強引に押しかけた萌を、梅村はうんざりとした顔で出迎えた。会社でのキリリとしたスーツ姿とは全く違うが、独身寮にいる時には見慣れていたスウェット姿だ。梅村の吐く息からアルコールの匂いが若干して、萌はそこで初めて昨夜は飲み会だったことを思い出した。

「昨日飲み会だったことを知ってて、この時間に押しかけるとはいい度胸だわね」

「えっと……で、でももう昼ですよね？　あの、お弁当買ってきましたから！」

さすがに手ぶらではいけないと、商店街のお惣菜屋さんで弁当をふたつ購入済みだった。

萌が手にしたビニール袋をちらりと見てから、梅村は上がって入れとばかりに顎をしゃくった。

さすが萌より給料が随分よいだけあって、もえぎ荘より相当ランクは高い。あくびをしながら歩く梅村の後に続きながら、萌はキョロキョロと部屋を見渡した。

あちらこちらにまだダンボールが積まれているが、それでも萌の部屋よりは片付いている。仕事のできる先輩は、家のこともきちんとこなすんだ——とじんわり感動する。

「わー、梅村さんの新しいおうち、素敵ですね！　部屋がふたつもあるし、なんだかいい匂いがする……」

「そりゃあ新人のアンタとはレベルが違うからね。で、何？　いきなりこんな時間に押しかけてきたわけは？」

居間のソファに座るように促され、萌は足を揃えてちょこんと腰掛けた。

「えっと、あのですね！　昨夜遅くに、と……隣の部屋から男女の営みが聞こえてきましてですね……」

「ふーん。それで？」

「え？」

そっけない梅村の返事に、萌はぽかんと口を開けた。

「奥野……まさかそんなくだらない理由でウチに押しかけてきたわけじゃない、よねえ……？」

「え？　く、くだらなくなんて……ないですよ、ね？」

恐る恐る首を傾げた萌を見つめつつ、梅村は深いため息を吐いた。

「……で、聞こえてきたってどんなレベル？」

「レベル？　あの行為をレベルで表すんですか!?」

経験もないのに、そんなの土台無理な話だ。顔を赤らめた萌を、梅村は呆れたように睨みつけた。

「アンタ、なんか余計な想像してない？　そうじゃなくて！　どの程度の音量で聞こえてきたのかって聞いてんの！」

「あ、そういうことですか……。えっとぉ、その、こう、噛み殺すような女の人の声が……」

「はっきり聞き取れるくらい？」

「まあ、はい」

ボソボソと答えると、梅村は考えこみながらソファに座った。

「鉄筋のマンションとかじゃなくて、木造アパートだったたっけ？　築年数も、結構いってるんだよね？」

「そうみたいですけど」

「入る時に、不動産屋になんか言われた？」

「あ」

言われてみれば、騒音のことを言っていた気がする。

「ちょっと騒音が気になるかもしれないって……」

「ああ、じゃあ一応忠告はされてたんだ。それなら仕方ないね」

「ええっ！」

梅村のそっけない言葉に、萌は思わず声を張り上げた。

「ある程度の音漏れは仕方ないよ。そりゃ、ハッキリ言わなかった不動産屋に問題がないとは言わないけど……言われてたんでしょ？　騒音のこと」

「でもっ、まさかその騒音がお隣さんだとは思ってなかったし」

騒音が気になるかもしれないとは言ってたけれど、それには『道路に面しているから』という前置きがあった。それを聞いたら、誰だって車の騒音だと思うだろう。

「奥野、自分の実家とか鉄筋の独身寮を基準に考えてるわけじゃないよね？」

言われて思わず、うーんと考えこんでしまった。

確かに初めての一人暮らしで、比べる対象といったら実家と独身寮くらいしかない。

「お子ちゃまな奥野には刺激的な一夜だったかもしれないけど、隣の部屋のアノ声が聞こえてくるなんて、そう珍しいことでもないよ」

「そうなんですか？　そんなぁ……かっこよくて優しそうな人だったのに」

「そっちなの!?　アンタやっぱり天然ちゃんだわ」

梅村は苦笑しながら立ち上がると、冷蔵庫の中からお茶のペットボトルを取り出した。

萌が独身寮からもらってきた古い冷蔵庫とは違う、最新型の大きな冷蔵庫だ。ちらりと見えた冷蔵庫の中には、綺麗に整頓された密閉容器がたくさんあった。きっと、ちゃんと自炊をしているんだろう。

「で、いきなり聞こえてきたアノ声に驚いて、いてもたってもいられなくなってウチに来たってわけか」

「うう、その通りです……」

そう言われてしまえば身も蓋もないが、当たっているだけに否定のしようがない。どうにかしたいなんてこともなく、ただ自分はこの話を人に聞いてほしかったのだろう。情けないけれど梅村の言う通りで、萌はしょんぼりとうなだれる。

そんな萌の前にお茶の入ったグラスを置きながら、梅村は苦笑した。

「まあいいけどさ。でも、結局どうしようもないんじゃないの？　慣れるしか」

「慣れる……ですか？」

「うん。奥野のとこに行って実際聞いてみないことにはなんとも言えないけど……壁が薄いなんて古い物件だと当たり前だったりするよ。ていうか今まで気づかなかったの？　他の音とか聞こえてこなかったわけ？」

気づいてはいた。でも生活音くらいなら、隣の彼の気配が感じられてよかった……と、言えるわけもなく。

「最近帰るのが遅かったんで、そこまで気になるってほどでは……」

「ああ、じゃあたまたまかもしれないね。なおさらなんとも言えないわ。それにどうしてもイヤだとして、いまさら別のところに引越すだけの予算なんてあるの？」

敷金、礼金、一ヶ月分の家賃。敷金はまだしも、当然他のお金は戻ってこない。単身パックで格安とはいえ、引越し代ももう一度かかってしまう。

「ない、です」

「じゃあ仕方ないね。我慢するしか」

「うぅ、梅村さん冷たいです……」

「事実でしょ。私は客観的な事実を述べてるだけだから！」

うなだれてはいるものの、萌も段々と冷静に事実を受け止められるようにはなっていた。

確かに『隣の家の生活音が気になる』と不動産屋に訴えたところで、なんらかの手を打ってくれるとは思えない。

古い木造物件なら仕方ない、よくあることだと言われてしまえばそんな気もするし、それに一ヶ月近くも物件探しをしてようやく見つけたのがあのアパートなのだ。

今から別の家を探したとして、すぐに見つかるわけがない。

（結局、我慢するしかないってことかぁ……）

「寝る時、なるべく反対側に布団を敷いて耳栓して寝たらいいんじゃないの？　あ、でもアラームが聞こえなかったとか言って、遅刻しないよう気をつけてよ」

「わかってますよう」

梅村の言う通りだ。

そういう対処をして、耐えるしかない。ちくりと胸が痛むのは、あの艶めいた声を女性にさせていたのが、慎司だということ。だがそこまで梅村に打ち明けるつもりはなかった。

「衝撃だったのはわかるよ。まあたまーにならうちにも泊まりに来ていいから」

「ありがとうございます！　あ、梅村さんもぜひウチに……」

「イヤ。この話を聞いた後で、行けるわけないでしょ」

提案を即座に切り捨てられ、萌は膨れながらお茶の入ったグラスに口をつけた。

数時間ダラダラと梅村の部屋に滞在していたけれど、夕方になると『そろそろ帰れ』と追い出されてしまった。

仕方なく家へと帰ろうとしてから、目当ての買い物を全くしていないことに気づく。ひとまず食料品だけでも買い足そうかと思ったが、なんとなく気がすすまない。

（いっか。まだ土曜日だし……買い物は、明日行こうっと）

そろそろきちんと野菜が食べたい。引越し初日に張り切って買ったものの、手をつけずに冷蔵庫に放り込んだ野菜たちは、まだ食べられるだろうか——。

そんなことを考えながら歩いていると、いつの間にかアパートの近くにまでたどり着いていた。

(明日は日曜日だし……もしかして今日もまた、なのかな)

はっきり言って、気が重い。旅行の時にたまに使う、耳栓はどこにしまったっけ。

そんなことを考えていると、背後からいきなり声をかけられた。

「こんばんは」

「え?」

反射的に振り向いて、身体が固まった。

そこにいたのは、きっちりとスーツを着こなした三浦慎司の姿だった。

「こ、こんばんは!」

いきなりだったから、声が裏返ってしまった。しかし慎司は気にする様子もなく、萌ににっこりと笑いかけてくる。

「今、帰り?」

「あ、えっと帰りっていうか、ちょっと先輩の家に遊びに行ってて」

「先輩ってことは、奥野さんは学生さんなの?」

「いえ、あの、職場の先輩です。私、一応社会人なんです。幼く見えるかもしれないですけど……。今日は仕事が休みだったんで」

社会人だと告げると、意外そうに慎司は目を見はった。

「そうなんだ。いくつ？」

「二十一です。専門学校を卒業して、この春から就職したばかりで……」

「そっか。でもやっぱりまだ若いんだね。てっきり学生さんだと思ってたよ」

親しげに声をかけてくれたのは嬉しかったが、昨夜のことを思うとちくりと胸が痛む。

これは所詮、ご近所さんへの社交辞令でしかない。

引越しの挨拶をした時にもワイシャツ姿を見たけれど、きっちりとスーツを着ている姿は初めてだ。胸がきゅんとしつつも、どうせ彼女持ちなんだと気持ちを抑えつける。

「そうだ。奥野さんは、料理とかできる人？」

「え？　少しはしますけど……」

唐突な話題に何かと思って見上げると、慎司は手にしていたビニール袋を重そうにゆさゆさと揺すった。

「なんですか、それ」

「んー、なんか野菜セットみたい。駅前のスーパーで買い物したらちょうど福引やってて当たったんだけど、俺料理はまるでダメだから」

差し出された袋を覗き込むと、中には人参やキャベツといった野菜がぎっしりと入っている。

「わ、すごいたくさん」

「よかったらこれ、もらってくれないかな？」

「え、いいんですか？」

「うん。俺が持って帰っても腐らせるだけだし。お近づきのしるしに」

にっこりと笑顔で言われると、萌には断る理由もない。手を伸ばしてビニール袋を受け取ると、

「わっ！」

意表をつく重さで、そのままコンクリートの道路に落としてしまった。

「あっ、ごめん。じゃがいもとかも入ってるみたいだから、相当重いんだった。部屋までは俺が持っていくよ」

「い、いえ！　予想外の重さだったから驚いただけで、あの、自分で持てますから！」

慎司の手からなんとかビニール袋を奪おうとしたが、彼は笑いながらひょいとそれを高く持ち上げた。

「大丈夫だって。俺が無理やり押し付けるんだしさ」

（優しいな……）

ないけど。

再び胸がきゅんとする。

会社の同僚は女性中心なため、比べる相手は専門学校時代の同級生の男の子たちでしか

彼らとは、全然違う大人な感じ。

「あ、急に声かけちゃったけど……どこかに寄る予定とかはないの？　大丈夫？　それとも帰ってからどこか行く予定だった？」

一瞬、昨日の声が頭をよぎった。

「いえ！　もう出かける予定はありません。おうちの中でのんびりしようかと」

そう言えば、彼女とベッドを共にする時に、少しは声を抑えてくれるかもしれない。

――なんて考えは、ちょっと浅ましいだろうか。

「そっかー。俺ものんびりしたいな。昨日からずっと仕事に追われててクタクタ」

あれ、と何かが引っかかった。昨日からずっと仕事なら、彼女と昨夜していたことはなんだというのだ。

こっそりと隣を窺ってみると、確かに慎司の顔には疲労が色濃く見える。

(仕事でクタクタなのに、彼女とやることはやるんだ……)

経験はなくても、この歳になれば知識だけは一人前だ。とはいえ、隣人の生活音を盗み聞きしている上にそんな下世話なことを考えてるなんて。

これじゃあ本当にストーカーみたいだと小さくため息を吐くと、それに気づいた慎司が萌の顔を覗き込んだ。

「どうしたの？　奥野さんもお疲れ気味？」

「いえ、あの……ちょっと、寝不足で」

何の気なしに答えてから、ハッとした。昨日の情事を聞いていたと、言ってるようなものじゃないか。背中にひやりと汗がつたう。

しかし慎司はなんの感想もなさげに、屈託なく笑っただけだった。

そのままなんとなく会話もないまま、あっという間にもえぎ荘についてしまった。階段を上り二階につくと、慎司が手にしていたビニール袋を萌へと差し出す。

「じゃあ、これ」

「すみません。あの……じゃあ遠慮なく。ありがとうございます」

頭を下げる萌に再びにこっと笑いかけた後、慎司はポケットの中から鍵を取り出し慣れた仕草で開けるとドアの内側へと消えた。

（あ……仕事のこととか、年齢とか聞くチャンスだったのに）

いくら彼女がいる人だって、それくらいは聞いてもよかったかもしれない。

絶好のチャンスを逃してしまったことに落胆しながら、萌はなるべく音を立てないように部屋の中へ入った。

改めて、慎司にもらったビニール袋の野菜をテーブルの上に並べてみる。

じゃがいも、人参、玉葱、キャベツ、大根。

そろそろ野菜をきちんと食べようと考えていたのを見透かされたように、一人暮らしでは持て余しそうなほどの野菜の量だ。

「何作ろう。肉じゃが、とか？」

モテ料理の王道だと思っていたけど、そういえば芸能人の誰かが『男子はそんなに肉じゃがが好きなわけじゃない』って言ってたっけ。それより肉料理、しょうが焼きとかの方が、よっぽどそそられるとかなんとか。

なんの気なしにつぶやいてから、もうひとつの自分の失敗に気づいた。

（それじゃあ料理を作ったらお裾分けしますね、ぐらい、なんで言わなかったかなあ!?）

後悔でじたばたと足踏みをしたが、そこでまた昨夜のことが頭をよぎった。

彼女がいるのに。

隣に住む女から手料理なんてもらったら、彼女は絶対にいい気はしない。

慎司は笑って受け取ってくれるかもしれないけれど、逆に迷惑になる可能性がある以上、手料理を渡すなんてできない。

相変わらず隣からは生活音がダダ漏れで、歩くのも何もかもそおっと行動している萌とは裏腹に、どんどんと少し荒っぽい足音が聞こえてくる。男の人ならではだなあと、ふと父親のことを思い出す。

どうやら今日は一人らしいが、夜は長く安心するのはまだ早い。

（いいや……料理をするのは明日にして、今日はやることやってさっさと寝ちゃおう！）

彼を、好きなわけではない。

ちょっと素敵なお隣さんだと思っているだけ。

萌はありあわせの惣菜で手早く夕食を食べ終えて寝る準備をすると、布団を今までとは反対の壁際に敷いた。

第五章　お隣さんの急病

それから数日。

出だしのインパクトのある数日とは裏腹に、慎司とは全く接点のない日々が過ぎていった。

萌の方は仕事の忙しさが落ち着いたため、定時を少し過ぎると仕事が終わる。そのまま買い物をしたり本屋さんに寄ったりしても、それほど遅くない時間には家に着く。

しかし、萌が帰ってくる時間に慎司の部屋から生活音が聞こえてくることがほとんどなくなった。

美容のために何もない時は早寝を心がけている萌が、布団に入る頃になってようやく隣の家からドアを開ける音が聞こえてくる。

（三浦さん、忙しいのかな……）

慎司が帰ってきたのと入れ違いで萌は布団に横になるせいか、なおさら隣の部屋の物音が耳に入る。

ガサガサというレジ袋の音と、冷蔵庫を開ける音。プシュッと缶を開ける音まで聞こえてくることもある。

(ビールでも呑んでるのかな。お仕事お疲れ様です……)

まさか隣で萌が耳をすましてるなんて、露ほどにも思っていないだろう。慎司が帰ってくる頃には大体萌はこうやってすでに布団に入っているから、こっちの音が向こうに漏れることはない。

盗み聞きではない。むしろ不可抗力だ。そう自分に言い聞かせるうちに、段々罪悪感も薄れていく。

あの夜以降は女性の気配が全くしないせいもあって、いつしか萌はミュージックプレーヤーを聞きながら眠るのもやめるようになった。

段々と、布団を敷く位置も隣側の壁際へと戻っていく。

最初の頃ほど、隣の家の気配がないと寂しくて仕方ない——という感覚はなかったけれど、それでも慎司の存在が気になることには変わりなかった。

帰りが遅いのを心配に思いつつも、萌は慎司の部屋から聞こえてくる音に包まれて眠るのが、普通になっていった。

そんなある夜。

いつも通りの時間に布団に入った萌は、隣との壁からのドンッという鈍い音に驚いて飛び起きた。

いくら慎司の部屋から様々な音が聞こえてくるとはいえ、直接壁を通して音が伝わってきたのは初めてだ。

まるで壁を殴ったような音にドキドキしながら隣を窺っていると、さらに壁を殴るような音が響いた。

（なんだろ……彼女とケンカ、とか？）

彼の生活を表す音なら不快はないが、こういうのは勘弁だ。萌は静かに寝ていたのだからそんなはずはないのに、なんだか自分が悪いことをしたかのような気分になってしまう。

やっぱり、音楽を聴きながら眠ればよかった。

そう思いつつ通勤用のバッグからミュージックプレーヤーを取り出そうとすると、今度はガリ……と壁を引っ掻くような音がした。

なんだか、胸騒ぎがする。

座ってバッグを漁っていた萌は、そのまま四つん這いで壁際へと移動した。

そして、そっと耳をすます。

（誰かと一緒ではないみたいだけど……なんか、酔っ払ってるとかかなあ）

私、何してるんだろう。

そうは思っても、彼に何かあったのだろうかと思うと離れることができない。

しんとした沈黙が続き、萌のこの胸騒ぎはただの勘違いだろうか——という気持ちが強くなってきた頃。

『う……』

低くて小さなうめき声が、壁のすぐ傍で聞こえた。

やっぱり、勘違いじゃない。

萌の手に、じんわりと汗が滲む。

いてもたってもいられずさらに壁に寄り耳を近づけ、萌の体勢はほとんど盗み聞きと言ってもいいレベルになる。

はあ、と苦しそうな息が聞こえた。それと同時に、先ほども聞いた壁を引っ掻くような音もする。

もしかして、苦しんでいるのではないだろうか。

（いや、でも酔って気持ち悪いとかなら余計なお世話だし、でもでも……）

どうしたらいいのだろう、と壁際に正座をした状態で、萌は悶々と悩み始めていた。

萌がどうにかしなければならない理由などないのはわかっている。

真夜中にこんな小さな音を聞きつけてしまうなんて、たとえ起きていたとしても説明に苦しむし、何より萌には何か行動を起こす権利も義務もない。

かといって、このまま耳を塞いで眠ってしまうなんて、到底できない。

膝の上に置いた手をぎゅっと握りしめながら壁を凝視していたら、トンと弱々しい音がした。

『はあっ……』

今度は絶対に勘違いではない。荒い息だ。

『くる……し……』

苦しい?

握りしめていた手が、どんどん冷たくなっていく。

(もしかして……何か病気とか、発作とかだったらどうしよう!)

ためらっている場合じゃない。

萌は勢いよく立ち上がると椅子にかけてあったグレーのパーカーを羽織り、そしてそのまま玄関へと向かっていた。

勘違いなら、それでいい。それで済むなら、自分が恥をかくだけだし全く構わない。弁解の余地ならいくらだってあるし、慎司ならきっと許してくれる。

でも、そうじゃなくて本当にどこか具合が悪くて、ただならぬ状態だとしたら……

そうなってから後悔したって、間に合わない。

萌はスニーカーの踵を踏んだまま外に出ると、慎司の部屋のドアの前に立っていた。

迷ったのは一瞬だ。

ごくりとつばを飲み込むと、萌は震える手でドアの横のチャイムを押した。

ピンポーン。

こんな夜中の訪問、不気味に思われてしまうかもしれない。いや、それくらいの元気があるならそれでいい。

じりじりしながら待ってみたけれど、ドアが開くどころかこちらへと歩いてくる気配すら、全くなかった。

気味が悪くてシカトをしているのだろうか。だったらいいのだけど——

もう一度だけと思ってチャイムを押してみても、やっぱり部屋の中からは反応がない。

どうしようかと考えた末、萌は思い切ってドアノブに手をかけて回してみた。

これでダメだったら諦めよう——そんな気持ちが伝わったわけじゃないと思うけれど、ドアは萌の手の動きに合わせ、キイッと静かな音を立てて開いた。

(鍵、かかってない！)

ほんのわずかに開いたドアの隙間に、身体が凍りついた。とはいえ、ここで躊躇していては乗り込んできた意味がない。

萌はそのままドアを半分ほど開けると、中に向かって声をかけてみた。

「三浦さん……夜中にすみません。三浦さーん、いらっしゃいますか……?」

いることはわかっているのに、間抜けな問いかけだと思う。しかし他になんと言ってよいかもわからず、続けて萌はさっきより声の音量を上げて呼びかけた。

「三浦さーん。中に、いらっしゃいますよね? 三浦さん!」

相変わらず、部屋の中はしーんと静まりかえっている。

造りは萌の部屋と全く同じで、玄関のドアを開けてすぐに廊下があり、居間に当たる部屋に一枚ドアがある。

ご丁寧にもそこが閉まっているため、中の様子が窺えない。

しばらくどうしようかとドアの中に顔を突っ込んで迷っていたが、このままでは何も変わらない。すうっと大きく息を吸い込み、萌は最後通告とばかりに声を張り上げた。

「三浦さん! 隣の奥野です! あの……入りますよ!」

勇気を出して玄関の中に入ると、萌はドアを開けた状態のままでスニーカーを脱いだ。

短い廊下に、ミシミシと萌の歩く音が響く。ここを慎司がいつもドタドタと乱暴な足音をさせながら歩いているのかと思うと、なんとも言えない気持ちになる。

玄関を始め、部屋のあちこちに芳香剤が置いてあっていい香りがする。男性にしては意外な気もしたが、しかし今はそれに気を取られている場合じゃない。

念のため、居間へと続いているドアをコンコンとノックした。やっぱり返事はない。

ここまで来たら、女は度胸だ。

「三浦さん、すみません開けます！」

言い放つと、萌は勢いよく扉を開いた。

暗い室内ながらカーテンが開けっ放しになっていたせいで、わずかに月の光が差し込んでいる。

月灯りの下、萌はすぐさま壁際に目を走らせた。

「三浦さん！」

そこには、胸を押さえたまま丸くなるようにして床に倒れ込んでいる慎司の姿があった。

「三浦さん、大丈夫ですか⁉」

慌てて駆け寄り顔を覗きこみながら、肩に手をあてて軽く揺する。すると、う……と小さなうめき声が彼の口から漏れた。

アルコール臭はない。それなら飲み過ぎたわけではなさそうだ。

そのことにほっとしていいのかどうなのかわからないまま、萌は再び慎司に向かって呼びかけた。

「三浦さん、どうしたんですか？　苦しいんですか？」

うっすらと目を開けた慎司は、萌の姿を確認すると驚きで瞳を軽く揺らした。そうしつ

つも、微かに頷く。

これはやっぱり、ただならぬ事態のようだ。

「救急車、呼びますね」

慎司の首がわずかに縦に動いたのを確認してから、萌は急いでポケットの中の携帯を取り出した。


こういう時の時間の経過ほど、遅く感じることはないかもしれない。

状況を伝えて救急車の要請をした後、到着するまでの時間はひどく長く感じられた。

「三浦さん、救急車呼びましたから。すぐ来ますから、大丈夫ですよ！」

そう声をかけると、少しだけ彼の顔が緩んだ。

額にはうっすらと汗が滲んでいて、萌はパーカーの袖を指までひきあげると、それで慎司の額の汗をぬぐう。

はあはあと息は荒いままで、手は相変わらずガリッと壁をかいている。たまらずその手に自分の手を伸ばし絡めると、痛いくらいに強く握られた。

「三浦さん……しっかりしてくださいね。もうすぐ、救急車来ますから」

一体何分かかるというのだ。実際には数分かもしれないけれど、萌にはとてつもない長い時間に思えてきた。不安で泣き出してしまいそうになった頃、ようやく遠くからサイレンの音が聞こえてくる。

そのことにホッとしたのか、萌の手を握る強さが少し和らいだ。

「救急車の人、呼んできます。三浦さん、大丈夫ですか？　一人になって」

彼の頭が再び動いたのを確認して、萌はそっと手をほどいた。

そして救急隊員を呼びに行こうと立ち上がって、そこで始めて慎司の部屋を見渡した。

（ん……？　なんだろう、あれ……）

萌の部屋とは反対側の壁際に、水槽のようなものがいくつか置かれている。暗くて何が入っているのかはよく見えないが、水は入っていないようだ。ということは、空の水槽だろうか。小型犬でも入りそうな大きいケージもあったが、布がかかっていてやはりよくわからないし、動物が動いているような気配もない。

（前にペットでも飼ってたのかな？　……にしても、水槽ばっかり……？）

そう思ったところで、いよいよサイレンが近づいてアパートの前で音が止み、萌は慌てて外へと飛び出していった。


勢いよく中に入った救急隊員が、慎司に駆け寄った。それに続いて、萌も再び彼の部屋の中へと入る。

「三浦さーん。わかりますか？　どこが苦しいんですかー？」

苦しんでいる人に対して、それを聞くなんて酷なんじゃ……とハラハラしつつ見守っていると、隊員の一人は萌にも質問を始めた。

「苦しみ始めたのはいつ頃からですか?」

「えっ!? あ、ええっと……三十分、くらい前でしょうか? あ、でも私が気づいたのがそれくらいってだけなので、ちょっとよくわからないです……」

「その時の様子はどんな感じですか?」

「え、あ、ええと……今と同じような感じ、と言いますか……」

マズイ。これは完全に彼女だと誤解されている。

萌の背中を冷たい汗が一筋つたった。その間も慎司への救急隊員の質問は続いていて、しばらくすると彼の身体は運び込まれたタンカへと移される。

「病院へ搬送します。戸締まりをしてついてきてくださいね」

「あっ、は、はい!」

慌ててキョロキョロとあたりを見回すと、ガラスのテーブルの上に鍵が置いてあるのがわかった。ほっとしながらそれを手に取る。

(ん? ついてきてくださいねって言った? あの人)

バタバタと救急隊員がタンカを運んでいった後に続いて外に出ると、萌は慎司の部屋の鍵をしっかりとかけた。そして走って自分の部屋に飛び込むと、鍵と財布を手に取る。

「閉めますよ！　彼女さんも乗ってください」

「は、はい！」

わけもわからぬまま、勢いで萌までもが救急車に乗り込んでいた。


指示されるがままに慎司の傍らに座り、彼の顔を覗き込む。苦しそうに眉をしかめた顔には酸素マスクがかけられ、それがいかにも痛々しい。

ぎゅっと目は閉じたままだったが、唇が微かに動いた。

「ん、どうしました？」

なにか伝えたいことでもあるのだろうか？　そう思って、萌は彼の口元へと耳を寄せた。

「アイ、カ…………」

か細いながらも、その声ははっきりと聞き取れた。

アイカ。どう考えてもそれは、女性の名前だ。ガンッと衝撃が走る。

慎司がここにいてほしいのは萌ではなく『アイカ』という女性なのだろう。そう思うと、さらに苦しくなる。

しかしそんな萌の煩悶など知るはずもない慎司は、さらに言葉を続けた。

「アイカ……う……あ……」

「三浦さん、あの……」

「搬送先、見つかりました！　車動きます！」

救急隊員の力強い言葉に、慎司の声がかき消された。傍にいた萌が聞きとれたのは、女性らしき人の名前だけだ。

(それって……この前の夜の、彼女かな……)

萌は無意識に、膝に置いた手をぎゅっと握りしめていた。

搬送先の病院の救急外来につくと、タンカに乗ったまま慎司は中へと運び込まれていった。

「ご家族の方ですか?」

「えっと、その……」

若い女性の看護師に尋ねられ、なんと答えたらいいのかわからずまごついていると、

「ああ、彼女さんですね。お呼びしますから、廊下のベンチで待っていてください。大丈夫ですよ」

そうにっこりと笑いかけられてしまった。

そのまま忙しそうに行ってしまったので、違いますと訂正する暇もない。

(どうしよ……私ここに居ていいのかな?)

成り行きとはいえついてきてしまったのは萌だ。慎司を置いて帰るわけにもいかない。

ポケットには慎司の部屋の鍵が入ったままだし、彼は財布がないから診察料金の精算ができない。

鍵の置いてあったテーブルに慎司のものとおぼしき財布はあったけれど、さすがにそれを持ってくるのは抵抗があった。

萌は仕方なくちょこんと廊下のベンチに腰掛け、はーっと深い息を吐いた。


「三浦さんの付き添いの方、いらっしゃいますか?」

いつの間にか壁にもたれて眠っていたらしい。

看護師の声にはっと目を覚ました萌は、慌てて立ち上がった。

「は、はい！　私です」

「先生からご説明がありますので、中へどうぞ」

「え、いやあの、私が、ですか?」

「はい。本人の他に、付き添いの方も聞いてくださいって先生が」

それって、自分なんかがノコノコと入っていって、聞いていい話なんだろうか。

「いや、あの、私家族じゃないんで……」

「大丈夫ですよ。三浦さん、お薬のせいでちょっとボーッとしてますし、一緒に聞いてほしいって言ってますから」

いや待て。慎司は萌のことを『アイカ』という女性と間違えてるんじゃないだろうか。

しかし断れる雰囲気でもなく、萌は半ば開き直りに近い気持ちで看護師の後に続いた。

キイッと診察室のドアを開けると、ベッドに横たわった慎司の姿が見えた。萌が入ってきたのに気づいて、ちらりとこちらに視線を送る。

きっと怪訝そうな顔をされる——そう思っていたのに、意外にも慎司の視線は温かい。

「お待ちしてました。どうぞおかけください」

若い医師に言われ、萌は何がなんだかわからないままひとまず丸い椅子に座った。

「症状としては——軽度の狭心症ですね。それと、過労に栄養失調が重なった、というところでしょうか」

「きょうしんしょう……？」

「ええ、放っておくと心筋梗塞にもつながりかねない怖い病気です。ですが、三浦さんはごく軽度ですし、それよりも過労と栄養失調の方がひどいですね」

こんな飽食の時代に、栄養失調なんて診断があるんだ。そのことに驚いてしまう。

「ちょっと二、三日入院してもらいましょうか。点滴で栄養をつけて、ゆっくり休んで——」

「イヤです！」

医師の言葉にかぶせるように、子供みたいに慎司が言い放った。

「ええと。とにかく仕事が――せっぱつまってるんで。でもそれも明日で目処がつきますし、栄養失調の方はこれからきちんと食事に気をつけますから」

「そうは言ってもね……」

若い医師はうーんと腕組みをした。

「必ず入院しなさいというわけではないですが……あなたの場合、その方がいいと思いますよ。入院したとなれば、仕事を休んでも許されるでしょう?」

「明日行ったら、次の日からは休みます」

「食事の方が心配だなあ……彼女さん、どう思いますか?」

「え、あ、私ですか?」

急に話をふられ、萌は驚いて目を丸くした。

初めて会った時、彼はコンビニのビニール袋をぶら下げていた。野菜セットを全て萌にくれた時にも『料理は全くしない』と言い切っていたし――彼のことは断片的にしか知らないが、食生活がマズイというのはなんとなく頷ける。

「食生活……野菜、食べてもらえばよかったですね……」

「え?」

萌の言葉に慎司がこちらを見た。

野菜セットをもらった後、変に気を遣わないで作った料理をお裾分けしたらよかった。

大量に作りすぎて、会社に持っていって皆に食べてもらったことを思い出し、ちょっぴり自責の念にかられていた時だった。

考えこむ萌の表情が、医師には彼氏のことを心配する彼女のものにしか見えなかったのだろう。じっと萌の様子を見ていた医師が、仕方ないというように首を振った。

「そうですね。それでは彼女さんがきちんと管理をして食事をさせるというのなら、一応今日は帰ってもらってもいいということにしますか。こちらも入院を強制する権利まではないので」

「ほえ?」

なんのことかと萌が顔を上げると、途端に慎司の顔が輝いた。

「ええ。大丈夫です! そうしてもらうようにしますから」

「え、ちょっと」

会話に割り込もうとしたが、慎司に軽く目配せをされて口をつぐむ。

「ただ点滴は打っていってもらいますよ。それと三日後に一度診察にも必ず来るように。まだ時間かかりますから、彼女さんはもうしばらく廊下でお待ちくださいね」

「は、はあ……」

わけのわからないうちに廊下に出るように促され、とりあえずチラリと慎司に視線を送ると、『ごめん』と口を動かした後に言った。

「奥野さ……と、萌、ありがと」

萌の顔が引きつった。

医師の手前、彼女であることを疑わせないためにそう言ったのだろう。しかし不意打ちすぎて、どう反応していいかわからなかった。

一度しか名乗らなかった自分の名前を、覚えていてくれていたことも意外すぎて。

萌は挙動不審にコクコクと頷きながら、ぎくしゃくと診察室を後にした。

(点滴って、結構時間がかかるもんなんだなあ……)

廊下に座って壁にもたれながら、萌は時折ウトウトとしながら慎司を待っていた。あの後看護師から説明された内容によると、ようするに過労の方は休養を取るしかなく、栄養失調の方はバランスよく食事を取るしかないらしい。

狭心症の方は程度も軽いし、さらに生活習慣病が原因となっていることも多いので、結局は薬を飲みつつしっかり休んでしっかり食事を取れということらしかった。

『バランスのよい食生活』と書かれたパンフレットを渡され、それをひとまずじっくりと眺める。

(三浦さん、忙しそうだし料理もしないみたいなのに、これをちゃんと守れるのかなあ……)

そう思って軽く息を吐いた直後だった。

ペタペタと若干足を引きずるようなスリッパの音が遠くから聞こえてきて顔を向けると、慎司がこちらに向かって歩いてくるのが見えた。

「あ、三浦さん」

救急車を呼んだ時よりは、随分と顔の血色がいい。ほっとしながら見つめていると、申し訳なさそうな顔をした慎司は萌の前で立ち止まった。

「ごめんね、こんな遅くまで。めちゃくちゃ迷惑かけて」

「あ、いえ……大丈夫です」

考えてみると、野菜をもらった時に少し話をしただけで、彼のことをそれほど知っているわけじゃない。怒濤のような展開で頭がいっぱいだったけれど、いまさらのようにとんでもないことをしてしまったことに気づく。

「あの、私の方こそ勝手に家の中に入ったりして」

「いや、それに関しては……本当感謝しかないよ。狭心症って言っても、ほっとくと危ない場合もあるみたいだから。ありがとう」

「三浦さーん。お薬と会計お願いします」

時間外の会計窓口から呼ばれ、慎司が困った顔になった。

「あ、お財布ないですよね。私が払っておきます」

「ごめん、ありがとう」

病院の職員に呼ばれて、萌は立ち上がると会計窓口の方へと歩いた。

深夜ということで会計は一部しかできず、残りは後日病院に来て精算するようにとのことだった。一部とはいえ結構な金額で、手持ちで足りたことにほっと胸を撫で下ろす。

「じゃあ、帰ろうか」

「あ、はい」

こんな夜中では、タクシーで帰るしかない。救急外来の入り口の傍に並んでいたタクシーに、萌は慎司と一緒に乗り込んだ。

住所を告げてドアが閉まると、急に二人っきりということを意識させられる。この場合、タクシーの運転手がいることは度外視だ。

思えば男性とこういう状況になったことすら初めてで、萌は身体がガチガチに固まっているのを感じていた。

間がもたずにひたすら窓の外を眺めることに徹していると、タクシーのガラス越しに慎司が萌の方に視線を向けているのがわかった。

(もしかして……なんか、見られてる?)

これではますます、緊張する。

「あのさあ、奥野さん」

「は、ハイッ」

急に声をかけられ、返事がひっくり返った。残念なことに、呼び方も『奥野さん』に戻っている。

それでもドキドキしながら慎司の方を振り返ると、彼はなんだか微妙な顔つきで萌のことを見つめていた。

「どうして、俺が倒れてたってわかったの？」

「え？」

もしかしたらそこを聞かれるかもしれない……と病院では考えていたはずなのに、不意打ちで尋ねられると頭が真っ白になった。

「えっと、あの、たまたま眠れないで起きてたら、壁でドンって大きな音がしたので……」

つい、説明がしどろもどろになる。

「大きな音？　そう？　俺、軽く寄りかかったくらいだと思うんだけど」

「そ、そうですか？　具合悪かったですし、わかんないいんじゃないかと……」

ははは、っとわざとらしい笑みを浮かべると、さらに慎司の視線がじーっと萌に注がれる。もっと説得力のあることを言わないと、ダメだ。手にじっとり汗が滲むのを感じながら、萌はさらに言葉を続けた。

「あの……なんか、うめき声みたいのもしてたんで、これはタダ事じゃないと思って！」

「うめき声？」

慎司の眉が、さらにひそめられた。

「あんな小さな声、よく聞こえたね」

「えっ。えっと……」

まずい。どんどん墓穴を掘っている気がする。

どうすることもできずに視線を自分の膝の上に落とすと、ふっと隣の慎司の気配が和らいだ。

「まあ、いっか。とにかくありがとうね」

「あ、いえ……」

追及されなかったことにほっとして肩の力を抜くと、慎司が外の景色に目を向けて慌ててタクシーの運転手に声をかけた。

「あ、すみません。ここでちょっと止まってもらっていいですか？」

何事だろうと萌も釣られて窓を見ると、そこはもえぎ荘から一番近いコンビニの前だった。

「ごめん、ちょっと待っててね……って、あ、俺財布ないんだった」

「何か買うんですか？　お貸ししますよ」

「悪い、帰ったらすぐに返すから。千円あれば足りるから貸してもらえる？」

萌は財布を取り出し中を開こうとして、ふと何かが引っかかった。

「三浦さん……何買う気ですか？」

「何って、明日の朝食だけど。俺の家、何も食べるものなかったはずだから。ちゃんと食べないといけないんだろ？」

「だ、ダメです！」

コンビニで買うのが悪いわけではないけれど、病院の廊下でこんこんと看護師から栄養や食事の話を聞かされた萌とは違って、慎司は何もわかっていない。

今までと同じ食生活では、また倒れることになってしまうから——そう何度も言われたのは紛れもない事実で、彼女だと勘違いされた成り行き上、このまま慎司をほっとけるはずもなかった。

「よくわかんないまま適当に買って食べるんじゃ、何も変わらないですよ？」

「そんなこと言われたって。この時間じゃコンビニくらいしか開いてないし……あれだろ、なるべくサラダとか食べてればいいんだろ？」

「そういう問題じゃないんですってば！」

うーと唸りながら額をカリカリとかいていた萌は、思い切って顔を上げて慎司を見つめた。

「ひとまず……朝食は、私が作って届けます。だから大丈夫です」

「は？」

慎司は目を丸くして萌を見下ろした。

「三浦さん、まだ本調子じゃないですよね？　いきなり自炊しろって言っても無理でしょうし、明日の朝は私が作って届けますから」

余計なおせっかいかもしれないが、乗りかかった船だ。このまま彼を、放っておくこともできない。

看護師さんにはとくとくと説明を受けているし、ひとまず明日の朝食だけでも萌が作った方がいいだろう。

「いいの？」

遠慮して断られるかもしれないと思ったのに、慎司は萌の言葉に意外にもキラキラと顔を輝かせた。その表情に魅了されながら、必死で取り繕うかのように言い訳を考える。

「いいも何も……み、三浦さんが変なこと言うから、私すっかり彼女だと勘違いされちゃって。三浦さんが点滴を受けてる間に、看護師さんから色々食生活についての説明されてたんです。三浦さんも食生活を甘く見たらいけないのもわかったし、心配ですから」

最後のセリフは余計な一言かもしれないが、すんなりと口をついて出ていた。

「ありがとう。すっげー助かる」

「朝食、だけですからね！　その後は、看護師さんから聞いた話をお伝えしますから、自分で自炊できるようになってください。あ、これパンフレット……」

「いいっていいって大丈夫。あ、運転手さん、やっぱりそのままアパートまで行っちゃっていいです」

どうしたらいいかわからず停車したままだったタクシーが、再び静かに滑りだした。

隣の慎司は、なんだかゴキゲンな様子だ。

(っていうか……いいのかな。彼女いるのに、朝食作りますなんて言っちゃって……)

はたとそのことに気づいたが、慎司は全く気にしていない様子だし、わざわざ確かめるのも大げさかもしれない。それにそのことを話すのなら必然的に、あの夜の情事を盗み聞きしていたこともバレてしまうわけで——ただでさえ、今回彼が倒れたことで怪しまれているかもしれないのに、それはできない。

朝食を届けるといっても明日の朝だけだし、深刻に考えこむ必要はないだろう。

萌が悶々と悩んでいるうちに、あっという間にタクシーはアパートの前についた。料金を精算しようとしていると、慎司は財布を開こうとした萌の手を握った。

「ここは出さないで。部屋から財布取ってきて俺が払うから」

「は、はい」

ふいに自分の手に重なった大きな手に、どぎまぎする。

しかしその手はさっと離れたかと思うと、慎司は急いでタクシーを降りて階段を駆け上がった。とても、数時間前に救急車で運ばれた病人とは思えない俊敏な動きだ。

財布を手にすぐに出てきた慎司は、タクシーの運転席側に回って精算を済ます。それを見届けてから、萌も急いでタクシーを降りた。

時計を見ると、時刻は朝の四時になっている。どうりで、うっすらと空が白くなってきているはずだ。

ふいにこみ上げてきたあくびを小さく噛み殺しながら、萌は慎司の後に続いて階段を上った。

「それじゃあ、今日は本当にありがとう。ごめんね」

「いえ、身体、大事にしてくださいね。後で朝ごはん届けますから。三浦さん、本当にお仕事行くんですか？」

「うん、今日はどうしても決めなきゃいけない契約があるから……あ、俺、外資系の保険会社で営業として働いてるんだ。奥野さんは？」

「私は、キャラクターグッズとか雑貨とかを扱う会社の商品部です」

「へえ、なんだかイメージぴったりだな」

思いがけず彼の職業がわかった。イメージぴったりと言われてなんだか嬉しかったが、慎司の方こそ萌がイメージしていたエリートサラリーマンの姿そのものだ。

「じゃあ、七時少し前くらいでもいいですか？　朝ごはん。私はちょっと早めに出勤しないといけなくて……」

「うん、大丈夫。助かるよ」

そう言ったかと思うと、ふいに慎司の手が萌の方に伸びてきた。何をされるのかわからずきょとんとしていると、ぽんと頭の上に優しく手が置かれる。経験したことのない重みに、萌はぽかんと慎司を見上げるしかなかった。

「じゃあね。おやすみ」

「お、おやすみなさい」

はっと我に返り、萌は慌てて自分の家の中に入りドアを閉めた。全く同じタイミングで、隣のドアも閉まる。

ドアに背を付けながら、萌は静かに息を吐いた。寝不足で眠いはずなのに、なんだか頭の中はピンク色でふわふわだ。

なんだろう。あれ。

自分で頭の上に手を乗せてみたけれど、慎司から与えられた感触とは全く異なっていた。

彼女持ちに恋なんてしちゃいけない。辛い恋路なら、自分は経験がなくても友達のを何度か見てきた。

恋じゃない。むしろこれはボランティアだ。萌はぎゅっと胸に置いた手を握りしめそう言い聞かせる。

（今から寝て六時に起きるとしたら……二時間もないのかあ。それならいっそのこと、寝ないで起きていた方がいいかも）

朝食を作ると約束はしたものの、冷蔵庫の中にあるのは調理をしないといけないものばかりだ。さらに栄養のバランスも考えて……となると、いつものように十分やそこらではとても用意できない。

「よし」

隣の部屋に聞こえないように小さくつぶやくと、萌は寝ることを放棄した代わりにノートパソコンの電源を入れた。

服よし。髪型も、よし。化粧も、多少クマが気になるもののまあ大丈夫。

自分の用意をすっかり終えた萌は、朝食を詰めた密閉容器を手に、隣の部屋の前に立っていた。

何を作ろうかとパソコンを開いて色々考え、さらにいつもより自分の支度を念入りに整えると、朝食を作るのにかけられる時間はそれほど残っていなかった。

やっぱり、眠らないで正解だった。

ピンポーン。

きっちり六時五十分にチャイムを押すと、ドタドタと玄関へ向かって走ってくる音が聞こえた。最初の挨拶の時とは違って、勢いよくドアが開く。

「おはよ」

「お、おはようございます！」

出迎えてくれた慎司は、すでにきっちりとワイシャツにネクタイを締めた格好だった。

真っ白いワイシャツに、深いブルーのネクタイ。それに、濃いグレーのスラックス。

（う、デキるサラリーマンって感じ……）

思わず目がハート型になりそうだ。気を取り直して、萌は持っていた密閉容器を差し出す。

「あの、これ、朝ごはんです」

「うわー、本当だ。なんか感激だな」

慎司が密閉容器をしげしげと見つめる。

「中身はなにって、聞いてもいい？」

「えっと、五穀米のおにぎりと、たまごやきと、小松菜ときのこの白和えとりんごです。お味噌汁はとりあえずレトルトで、お湯に溶かせばいいですから」

萌がすらすらと中身を告げると、慎司は目を丸くした。

「え、そんなに作ってくれたの？」

「栄養失調ってことですから、それくらい食べた方がいいんじゃないかと……あ、量はそんなにないですから、大丈夫だと思いますよ。私の昼のお弁当と中身が一緒で、申し訳ないんですけど」

萌が差し出した密閉容器を受け取ると、大切そうに蓋を二、三度撫でた。

「すごいな……俺、自分の母親以外にこんな手の込んだもの作ってもらうの初めてだ」

「え、そうなんですか？」

女性にモテそうな慎司なら、食事を作ってもらうことなんて日常茶飯事なのだろうと思った。だからこそ、軽く萌の申し出にも頷いてくれたのだろうと。萌に気を遣って言っているようにも見えず、意外な気がする。

「ごめん。俺、ちょっと軽く朝ごはん作ってもらうくらいの感覚だったから……迷惑かけた上にこれじゃあ悪いな。埋め合わせ、必ずするから」

思いがけずひどく感激されてしまって、萌は逆に申し訳ない気持ちになりながらぶんぶんと首を横に振った。

「いえいえ！　本当、お気になさらず。今日だけですから」

にこやかに笑ってそう告げると、慎司は首を傾げた。

「え？　今日だけ？」

「え？　何がですか？」

二人の間に、微妙な沈黙が流れた。

「あれ、俺の勘違い……？　朝食、作ってくれるって言ったよね？　昨日の夜」

「えっと、それは確かに言いましたけど……あれ？」

萌はあくまで『今日の朝食だけ』のつもりだった。しかし、それを慎司に伝えていたかというと自信がない。

「俺、これからずっと朝食を届けてくれると思ってたんだけど」

「えぇ!?　ず、ずっとですか？」

「あ、でもイヤならいいんだ。こんなの毎日なんて、面倒だし大変だもんね……」

眉に皺を寄せたひどく残念そうな表情に、萌の心臓がぎゅっと摑まれる。

「い、イヤではないですけど……どうせ、ついでっていうか……」

「お？　いいの!?　よかったラッキー!!」

一転して慎司の表情が晴れ晴れとなる。くるくると変わる表情に、もしかして騙された？　という考えが脳裏をよぎる。

「ず、ずっとってわけにはいかないです！　三浦さんの体調が回復して、自分でちゃんと自炊できるようになるまでっていうか……」

「うんうん、わかった！　あ、萌ちゃんそろそろ行く時間じゃないの？」

萌ちゃん？　と頭の中にさらにクエスチョンマークがたくさん湧き出したが、確かに時間がない。

「じゃあ詳しくはまた後日ってことで。俺も今日は遅いけど、明日は仕事休みだしさ。じゃあいってらっしゃい」

「い、いってきます……」

言われ慣れていない言葉に頬を引きつらせていると、あ、と慎司が小さく声を漏らした。

「え、何か……」

開きかけた萌の唇に、何故か彼の指が触れた。不意打ちの行動に、息が詰まる。

「髪の毛、口に入りそう」

頰の方へと風で流れてきていた髪の房を、慎司の指が摘まんでいた。

「な……」

邪気のない笑顔。変に意識している自分の方が、変なのかと動揺する。

「あ、ありがとうございます……」

「じゃあね、萌ちゃん」

何かが、微妙におかしい気がするんだけど——。

萌は混乱しながら、笑顔でヒラヒラと手を振る慎司によろよろと背を向けた。

第六章　お弁当大作戦

「おはよう、萌ちゃん」

早朝だというのに隣の部屋のドアが躊躇なく開き、ひょっこりと慎司が顔を覗かせた。

萌が腕に抱えているのは慎司のために作った朝食で、それを見て彼はにっこりと笑みを浮かべる。

「今日のメニューは何？」

「えっと、胚芽パンの野菜サンドと、フルーツヨーグルトに卵スープです」

「聞いてるだけで美味そう。いつも本当ありがとね」

ひょいっと差し出された慎司の大きな手の上に、萌は若干複雑な心境でずしりとした密閉容器を乗せた。

（どうして、こんなことになっちゃったんだろう……）

慎司が救急車で運ばれた時、ひとまず翌日の朝食は届けますと言ったのは萌の方だ。あれだけ『きちんとした栄養管理を』と言われたのに帰り際コンビニに寄ろうとした彼を、正直ほっとけなかった。

しかし。萌はあくまで応急措置的に、次の日の朝食だけのつもりだったのに。

『俺、これからずっと朝食を届けてくれると思ってたんだけど』

何がどう伝わったのか、慎司の方では萌がずっと朝食を届けてくれると勘違いしていたらしく、悲しそうな顔でそう言った。

ひとまず今後のことは後から話そうと言って慌ただしく会社に出勤したあの日——萌は慎司のことが気になって仕方なかった。

残業がなかったのをこれ幸いと、どこにも寄り道をせずまっすぐに家に帰ったが、慎司はまだ帰宅していない。

(そういえば、今日は遅くなるって言ってたっけ……)

彼に、微妙に翻弄されている気がする。

そもそも両親の過剰な干渉のせいか、彼氏はおろか男友達さえろくにいない萌にとっては、部屋の距離も含めてこんなに親しい異性は初めてだ。

どうしたらいいんだろう。

ひとまず慎司がいなければどうしようもないし、と自分のための夜ご飯の支度を始めた

頃、
ピンポーン。

と、チャイムが鳴り響いた。

この部屋のチャイムが鳴ったのは初めてで、想像以上の音の大きさに萌は飛び上がった。友人が来る予定はない。だったら、誰だろう。出るかどうか迷っていると、再度チャイムが鳴り響く。

足音を忍ばせて玄関まで行きそっとドアスコープを覗き込むと、そこにはにっこりと笑顔を浮かべた慎司の姿があった。

「三浦さん!?」

急いでチェーンをはずしてドアを開ける。

「こんばんは、萌ちゃん」

「こ、こんばんは……」

やっぱり、呼び名は『奥野さん』から『萌ちゃん』に進化したらしい。それを素直に喜べないのは、彼との距離が縮まった——というよりは、利用されているような気になるからだろうか。

「本当はもっと遅くなる予定だったんだけど、仕事が順調に進んで早く帰れたから。ちゃんと朝ごはん食べたせいかな？　今日はすごく調子がよかった。ありがとう」

　そう言って萌の方にすっと差し出した紙袋を、おずおずと受け取る。

「昨日のお礼は改めてさせてもらうとして、朝食のお礼、かな」

　中を覗くと、そこには有名菓子店のロゴが印刷された包装紙が見えた。それは萌が食べてみたいと思いつつも一度も行けていない高級洋菓子店のもので、マカロンが美味しいと噂の有名店だった。大きさからいっても十中八九、中身はマカロンだ。

　萌のテンションが、一気に上がる。

「わ、嬉しい！　ありがとうございます！」

「いえいえ。それより、いい匂いがする。夜ご飯中だった？」

　萌の部屋から漂う匂いに、慎司がくんくんと鼻を鳴らした。

「あ、ハイ。これから食べようかなと、一応……」

「メニューはなに？」

　若干イヤな予感がしつつ、萌はちらりと慎司を上目遣いに見上げた。

「大したものじゃないです。普通に、野菜多めのお味噌汁と豚肉をしょうがに漬けて焼いたモノと……」

「ああ、いいなぁ。美味しそう。そういえば俺、夜ご飯どうしようかと思ってたところだった。まだ、外に食べに行くにはしんどくて」

「え、また具合悪いんですか？」

「そりゃ本調子ってわけにはいかないかな。昨日の今日なわけだし」

眉に皺を寄せつつ、慎司が切なそうに言った。

昨夜に比べると随分元気そうだけれど、そう言われてみると顔色はまだ悪くも見える。彼の明るいノリについ忘れてしまっていたが、昨夜は入院をすすめられるくらいの病人だったのだ。

使命感にかられ、萌はもらった紙袋をぎゅっと胸に抱えた。

「外に食べに行くのがしんどいってことは……また買ってきたもので済ませようとか思っていたんじゃないですか？」

「ああ、うん。すぐに自炊はできないから、そうしようかと」

「本当は、お裾分けするようなものじゃないんですけど。よかったら……お届けしましょうか？」

「いいの？　俺の分ある？」

「まだ作り始めたばかりですから、大丈夫です」

待ってましたとばかりに、慎司が微笑んだ。

「うん。じゃあ、お願いしてもいいかなあ？」


きっと、確信犯だったのだと思う。

その日から同じような時間の訪問とお礼と称したスイーツのお土産が数日続き、気づけばいつの間にか朝食と夕食を届けるという約束めいたものが確立されてしまっていた。

(外資系保険会社の、営業マンって言ってたもんね。さすがの手腕……って、納得してる場合じゃないんだけど)

出勤時間に多少の変動があるのか、慎司の姿は日によってスーツだったり寝起きのスウェットだったりする。今日は、びしりと着込んだ淡いグレーのワイシャツだ。大分見慣れてきたその姿を見上げながら、萌は一歩下がった。

「じゃあ、私は会社に行きますんで」

「うん。いってらっしゃい、萌ちゃん」

彼に見送られて出勤するのも段々慣れつつある。加えて、日に日にどこか笑顔が親しげなものへと変化している。自分を見下ろす目つきがなんだか甘く感じられ、萌は慌てて目を逸らした。こればかりは、きっと萌の錯覚に違いない。

すっかり回復したように見える慎司に見送られながら、萌は頭をぎこちなく下げるとアパートの階段に向かって歩き出した。

この関係はなんなんだろう。

慎司の朝食を作るせいですっかりお弁当持参が定番になってしまった萌は、社員食堂でサンドイッチを前に考えこんでいた。

「おぉ、奥野は今日もお弁当？　続いてるねー。エライエライ」

本日のランチが載ったトレーを持って、梅村が萌の隣に座った。

「続いてるっていうか、否応なしにっていうか……」

「は？」

自分だけの朝ごはんなら昨日の残りもので構わないが、人に食べさせるとなると別だ。しかも、相手が栄養の必要な病人ならばなおさら。野菜中心のメニューを心がけると必然的に朝から調理をしなければならなくなって、ついでにそれを自分の弁当用に使い回すようになった。

引越ししてすぐの頃、外食やコンビニ弁当に頼っていたのがウソのようだ。

お弁当を持参していると今みたいに上司や先輩に褒められることも多く、何より経済的だし肌を含めた身体の調子もよい。萌にとってもメリットはそれなりにあるのだが、それでも納得のいかないこともある。

（彼女は……どうなったんだろう？）

相変わらず日常の生活音はダダ漏れと言っていい隣の部屋だが、情事の声が漏れ聞こえてきたのは結局あの時の一度きりだ。

慎司が体調を崩したというのに、彼女は何をしているのだろう。普通なら、すぐさま飛んできて彼を気遣うべきじゃないか。

ぼんやりしながらサンドイッチを頬張った萌は、はっと気づいた。

(も、もしかして、セフレとかそういうの……⁉)

次の瞬間、ガンッと落ち込んだ。

この歳まで彼氏もなく来た萌には到底考えられないけれど、そういう関係を持つ人がいるのはもちろん知っている。

慎司ほどの容姿の持ち主ならば、そういう相手がいたって不思議ではない。

初めて引越しの挨拶をした時に、上半身が裸に近い状態で出てきた慎司の姿が脳裏に浮かんだ。

羽織っていたシャツをガバリと脱いで床に放り投げ、慎司がクールな目で迫る。

恋人ではない、身体だけの関係――。

「何? ぼーっと考えこんじゃって。またお隣さんからエッチの声でも聞こえてきた?」

怪訝そうに梅村に顔を覗き込まれ、萌はゲホッとサンドイッチを噴き出しそうになった。

「う、梅村さん声が大きいですってば!!」

考えていたことを見透かされたようで、萌は恥ずかしくなってバシンと梅村の背中を叩く。

「いった! 奥野、バカ力! まあ、元気そうならそれでいいんだけどね。なんかあったら気にしないでウチに来なさいよ。あ、電話してからね」

梅村が、少なからず自分を気にしてくれていたのだとわかって、萌ははたと動きを止めた。

「梅村さん……やっぱり意外と優しー……」

「意外と、は余計だっつうの」

誰かに相談できるのなら、相談したい。そしてそれをするのなら梅村に一番話したい。でも、今の段階では何をどう伝えていいのかすらわからなかった。肝心の、自分がどうしたいかというのが定まらないまま話したところで『そんな面倒くさいことはさっさと断れ』と言われるのが明らかだ。

そして今そんなアドバイスをもらっても、きっと萌はこの関係をやめることはできないだろう。

「じゃあまた遊びに行きまーす！　あ、そうだ梅村さん、引越し祝いで奢ってくれるっていう約束は……」

「ちょっと給料日前はやめてよ。今度ね今度！」

そうだ、今は給料日前だった。

夕食の買い物はどうしようかと悩みながら、萌は食べ終わったお弁当の蓋をパチンと閉めた。

「お先に失礼します」

フロアにまだ残る先輩たちに声をかけてから、萌は部署を出てエレベーターへと乗り込んだ。明日は土曜日で休みというのもあり、自然と足取りは軽くなる。

そろそろ冷蔵庫が寂しくなってきた頃だから買い物をして帰らなきゃいけないのだが、給料日前だけに少し考えこむ。

いくら実家である程度の料理は教えこまれたとはいえ、給料日前の節約料理までは教えてもらってない。両親は萌に一人暮らしなどさせる気はなかっただろうから、当然といえば当然だ。それどころか、結婚すらしなくていいと思っているフシさえある。

(んー、どうしよ。『節約料理』で検索でもしてみるか……)

エレベーター内の壁にもたれながらスマートフォンを取り出そうとした時、タイミングよくバッグの中からメールの着信音が聞こえた。

急いで手に取って画面を見つめ、どきんと胸が鳴る。

『三浦慎司』

三日前に『何か連絡を取りたい時のために』と慎司の方から言われてメールアドレスを交換したけれど、実際にメールが来たのは初めてだ。

ドキドキしながらメールを開く。

『会社の人からいいもんもらいました。お楽しみに！』

メールに添付されていた画像を開くと、そこには机いっぱいに肉や魚が載っているのが見えた。

「わ！　なんだろ、これ……」

同僚からのお土産だろうか。それにしては内容に統一性はなく、高級そうな牛肉の塊から大きな干物のような魚まである。全て慎司がもらったわけはないだろうから、この中からお肉かお魚を持って帰るということなのだろう。

（じゃあ、今日は野菜だけ買って帰ったら大丈夫かな？）

給料日前だから、かなりありがたい。それなら商店街の八百屋だけ寄って帰ろうと決め、萌は一階についたエレベーターから足早に飛び出した。

八百屋で新鮮な野菜を買い、エコバッグの中に入れてもらう。一人分には少し多い量を買うのにもなんとなく慣れ、そのことが少しだけ萌をむず痒くさせる。

まっすぐにもえぎ荘に帰ろうとしてから、ふと思い立って一本奥の小道へと進んだ。

お供えを持ってこようと思っていたのに、色んなことがありすぎて忘れていた。

足早に歩いて小道の前まで来ると、祠の前に屈みこむ。ちょうど通勤バッグの中には、上司からもらったお土産のマドレーヌが入っている。

相変わらずお地蔵様の前にはお供えが置いてあって、お猪口《ちょこ》に入ったお水も取り替えられているようだ。地域の人に大切にされてるんだな、と思いつつ、萌もその横にマドレーヌをそっと置いた。

（えっと……なんだろ。三浦さんと仲良くなれますように、は違うよね。んー……三浦さんが元気になりますように、かな）

そう心の中で唱えつつ手を合わせたが、すでに彼は充分元気になっている気がする。

まあいっか、と小さくつぶやいてから、萌は立ち上がって歩き出した。

さっきのメールの内容からいって、慎司もそれほど遅い帰宅にはならないだろう。足早に元の大きな道に戻り歩いていると、

「萌ちゃん」

後ろから、爽やかな声が聞こえてきた。

「三浦さん、お帰りなさい」

振り向かなくてもわかっていたけれど、振り向いてから今気づいたというような顔をして笑ってみせた。小走りで近づいてきた慎司は、そのまま萌の隣に並んで歩調を合わせる。

「メール、見た？」

「はい。なんかよくわからなかったですけど……すごい量のお魚とお肉でしたね。お土産か何かですか？　あの中から、何を持って帰って……」

そう言いかけてから、彼が大きな保冷バッグを持っていることに気づいた。キャンプに

でも行くのかと言いたくなるような大きさだ。

「え、まさか……」

「そう、そのまさか」

立ち止まってジーッとファスナーを開けて見せられた中には、ぎっしりと食材と保冷剤が詰め込まれている。一番上にあるビニールに包まれた干物に、なんだか見覚えがある。

「こ、これってもしかして、あの画像に映ってた全部ですか!?」

「そう。びっくりした?」

慎司がひょいっと干物をめくると、その下には牛肉らしき塊がある。これは多分、ステーキ用の肉だ。

「どうしてこんなに?」

「会社の連中に、救急車で担ぎ込まれて過労と栄養失調って診断された話をしたんだよ。休みも取らないといけなかったしさ。そしたら随分同情されて、みんなで『精力のつくものを!』ってなったらしくて」

「それにしても、こんなに……。三浦さんが料理しないって、皆さん知らないんですか?」

たまたま今は萌が朝食と夕食を作っている立場だからいいけれど、そうじゃなければ無駄になりかねない食材ばかりだ。不思議に思って慎司を仰ぎ見ると、なんだか照れくさそうに微妙に口元を歪めた。

「あ、いや。それなら食材にしてくれって頼んだのは俺の方だから。最初はスッポンでも食いに行くかって言われてたんだけど」

「どうしてですか？　スッポン、嫌いですか？」

「イヤ、嫌いじゃないけど。萌ちゃんはスッポン食べたことある？」

「ないですないです。食べてみたいと……思ったこともなかったです」

「そうなんだ。じゃあ今度俺と食べに行ってみない？　お肌にいいらしいし」

一瞬嬉しくなったが、二人で初めての外食がスッポンというのも色気がない。なんだか微妙な気持ちになって萌はぼんやりと空を見つめた。

「スッポンって、亀みたいな奴ですよね。あれって、過労に効くんですかあ……」

「過労っていうよりは……精力とか、つくらしいよ」

わずかに変化した慎司の声色の意味がわからず、萌は隣の彼を見上げた。

「勢力ですか。なんか勢いがあっていいですね」

「は？　なんか、萌ちゃん勘違いしてない？」

「そうですか？　やっぱり、食材じゃなくてスッポンにした方が三浦さんにはよかったんじゃ」

きょとんとしながら言うと、くすくすと笑いながら慎司が言った。

「スッポン食べたって、今はあんまり意味ないからね。食材にしてもらったのは……作ってくれる人がいるから、なんだけどな」

萌の半歩前を歩き出した彼が、ふいに振り返り肩越しに萌を見つめる。

「作ってくれる人がいるって、俺が会社の人に話したら迷惑?」

なんのことかわからずぼーっと慎司を見つめていたが、彼がまた歩き出してからその意味がようやくわかった。

一人で、顔が赤くなる。

「あのっ……迷惑じゃ、ないです……」

萌の小さな声に気づいて慎司が再びくるりとこちらを振り向いたが、視線が合う前に萌の方はさっと足元に視線を落とした。

経験の乏しい自分には、恋愛の微妙な駆け引きはわからない。視線を合わせてしまえば、慎司の言葉の意味をどう捉えたかなんて、すぐにバレる。

そしてそれが、勘違いだったら困る。期待していると思われ、取り繕われたら自分がもっと恥ずかしくなってしまう。

そんなわけない。こんなカッコよくて素敵な人が、気持ちを探るようなことなんて言うわけがない。ちょっとからかってるくらいなのに、真に受けてしまったら慎司だって呆れるだろう。

——でももし彼が、自分を恋愛対象に見てくれてるのなら?

益々火照って、萌は下に向けた顔を上げられなくなってしまった。落ち着け落ち着けと言い聞かせ、胸に置いた手を数回撫でる。

慎司はそんな萌の葛藤を知るはずもなく、微笑みながら俯く萌の小さな頭に手をやると一度だけくしゃりと撫でたのだった。


玄関先で慎司から強引に渡された保冷バッグを部屋に持ち込み、萌は改めてその中身の量と種類の豊富さに圧倒されていた。

「なんか……豪華な食材ばっかり。口が肥えちゃいそう」

あくまで慎司への贈り物とはいえ、その恩恵にあずかれるのは嬉しい。役得役得、と言い聞かせながらひとまず小さなテーブルに並べてみたが、当然載りきらない。

さしあたりの悩みは、その保管場所だ。萌が独身寮からもらってきた小さな冷蔵庫の冷凍ルームでは、到底入りきらない。

(一番場所を取りそうなホッケは今日食べちゃうとして、残りを小分けにして冷凍しても、全部は入らないなあ……)

栄養をつけるためという皆の好意を無駄にはできないし、かといって一度にたくさん食べすぎても意味がない。

そして、はたと思いついた。

「これって、三浦さんの家の冷凍庫にも入れてもらえばいいんじゃない⁉」

元々これをもらったのは彼だ。自炊は全くしないと言っていたけど、部屋の中には冷蔵庫がちゃんとあった。だったら、冷凍庫にも冷蔵庫にもある程度の余裕があるんじゃないだろうか。

そうと決まれば、下準備をしてしまおう。

萌は肉や魚を小さく切り分けると、ひとつひとつをラップでくるんで冷凍用のビニール袋にせっせと詰める作業に没頭し始めた。

夕食の支度に加えて食材の下処理や保存の準備もあったせいで、いつもよりも随分遅い時間にようやく夕食ができあがった。

定番になりつつある雑穀の混じったご飯に、萌が買ってきたほうれん草のおひたし、それに中華風の卵スープに主菜は慎司が会社の人からもらったほっけの塩焼きだ。

それを四苦八苦しながら密閉容器に詰める。

（一緒に食べられたら、わざわざ容器に詰めなくていいから楽なんだけど）

だからといって、自分の部屋で一緒に食べませんかと誘う勇気はない。慎司からもなんのアクションもなく、微妙な距離感のまま同じ夕食を別々に取る日々だ。

『せっかくだから、俺の部屋で一緒に食べない？』

そんな妄想を数知れず繰り返しているが、当然実現はしていない。

慎司の出勤時間がどうやらまちまちなようなので、朝食を別々に取ることに対しては何も思わない。

けれど、夕食は違う。示し合わせたように萌の帰宅を狙って慎司が声をかけてきたりスイーツを持ってきてくれるので、食事の時間はほぼ一緒だと思う。

自分の部屋へと誘う理由は、立派にある。詰めるのが面倒だからこっちで食べてくださいと言ってしまえば簡単だ。多分慎司もすんなりと、それを受け入れてくれそうに感じる。

この関係の場合、『一緒に食べませんか?』と誘うのは萌からだろうか。しかしそれだと、自ら進んで夕食を作っているみたいで、なんだか悔しい。さらに、断られたらダメージも大きい。

(けどなあ……私から誘わないと、何も始まらないだろうし)

意地を張っているというよりは、ほんの少しの勇気が出なかった。みっちりと中身の詰まった密閉容器を前に、ため息が出た。

萌は結局また今日も、夕食の入った密閉容器を抱えて慎司の部屋へと向かった。

チャイムを鳴らすと、慎司の部屋のドアがすぐに開く。

「いつもありがと。今日のメニューは?」

密閉容器を受け取りながら、慎司がにっこりと笑う。親しげな笑顔ではあるけれど、何を考えているかわからない。やっぱり、微妙な距離感だ。

「いつもの雑穀米に、いただいたホッケの塩焼きとおひたし、あとはスープです」

なんともいえない心境のせいで、説明がおざなりになった。

そんな萌の様子に気づいたのか、慎司がオヤとばかりに眉を吊り上げた。

「どうかしたの？」

「いえ……ちょっと疲れてて」

あながち、嘘というわけじゃなかった。夕食の支度の他に、大量の肉や魚の処理。立ちっぱなしで足がじんじんと痛い。

「ごめんね。それならさらに疲れさせちゃったんだね。そういう時は言ってくれたら、無理しなくてもいいんだよ。萌ちゃんのお陰で体調はいいし……何回か外食とかコンビニに頼るくらい、どうってことないと思うから。なんなら、いつものお礼に奢るから今度一緒に食べに行こうよ」

萌を気遣う様子に胸がきゅんとなる。しかし、それすらなんだか素直に受け止められない。

「はい……。あ、ていうかお願いがあったんですけど」

冷蔵庫にも冷凍庫にも入りきらなくて、部屋に置いたままの食材のことを思い出した。

「さっきいただいたお肉やお魚、あまりに量が多くて……うちの冷蔵庫と冷凍庫には入りきらないんです」

「ああ、そっか。そうだよね」

「数日で食べきるっていっても限度があるし、慌てて食べるのもなんだか勿体ないですし。あの、三浦さんの家の冷凍庫にも少し保管してもらえませんか？」

なんの気なしの発言だったのに、そう言った途端に慎司の表情がさっと強張った。

「うちの、冷凍庫？」

「はい」

慎司の反応を訝しく思いつつも、萌はひとまずコクリと頷く。怪訝な顔をされる意味がわからない。

「うちの冷凍庫は、ちょっと」

「え？　どうしてですか？」

断られるなんて全く思ってもいなかっただけに、驚いた。他意も下心も全くなかっただけに、断られたことが意外すぎてつい聞き返してしまう。

「いや、俺は別にいいんだけど……萌ちゃんが、イヤな思いするかもしれないし」

「は？　私が？」

ますます意味がわからない。

「あー、あのね。ちょっと、エサっていうか……」

ボソボソと口ごもる慎司の言葉が聞き取れなくて、萌は下から彼の顔を覗き込んだ。

「三浦さん？　どうしたんですか？」

途端に、うっと慎司がさらに言葉に詰まる。

「……あの、とにかくごめん。冷凍庫は無理だ。冷蔵庫なら、多少は入るよ。飲み物しか入ってないから」

「え？　えっと……じゃあひとまず冷蔵庫でもいいです。うちのはもう、パンパンなんで。今持ってきてもいいですか？」

「うん」

ひとまず夕食を全部慎司に渡して、萌は自分の部屋に戻った。

(自分でもらってきた食材なのに、自分ちの冷凍庫に入れたくないってどういうこと？)

もしかして潔癖症？　さっぱりわけがわからない。それゆえに、怒りにも似た気持ちまで湧いてくる。

しかし食材をこのままにしておくわけにはいかない。ビニール袋を抱えて再び外に出て慎司の部屋のチャイムを押そうとすると、その前に勢いよくドアが開いた。

「じゃあ、これだけお願いします。数日で調理しきるようにしますから」

また嫌がられる前に、と押し付けるように食材を渡したが、慎司はあっさりとそれを受け取った。

「了解。じゃあ使う時に言ってね。俺絶対忘れるから」

冷凍庫はダメでも、冷蔵庫なら素直に受け取るのか。

なんだか納得がいかずに、梅村にはやめろと言われているいつものクセで頬を膨らませる。

どうしてダメなのかも、聞けず。

夕食を一緒に食べませんかとも、言えず。

慎司の肩越しに、きっちりと閉まったドアが見えた。あの部屋の奥に入ったことはあるけれど……あの日の出来事が、とてつもなく遠く感じられた。

そういえば、と彼の部屋にたくさんの水槽のようなものが置いてあったことを思い出した。

「三浦さん、あの」

不機嫌そうな萌の様子をなんとなく窺っていた慎司は、ぱっと顔を輝かせた。

「ん、なになに？」

「部屋の中に、空の水槽みたいのがたくさんありましたよね？　熱帯魚とか、飼ってたんですか？」

途端に、ぎくりと慎司の表情が固まる。

「えっと……なんの話かな」

「え？　あの、三浦さんが倒れて私が勝手に家の中に入っちゃった時」

「あ、そっか。萌ちゃん俺の部屋に入ったことあるんだったか」

「でも別に何もしてませんよ！　三浦さん倒れてたし、部屋の中は暗くて、それどころじゃなかったから」

詮索をしたと思われたらイヤで、必死に弁解する。

それを何故かほっとした表情で聞いていた慎司は、わざとらしい営業スマイルを浮かべた。

「空の水槽ね。ちょっと……前に、その、飼ってたことあって、捨てるのも勿体ないからとりあえず置いてるだけだよ」

「そうなんですか。熱帯魚って管理とか大変だって言いますもんね」

「あー、うんまあ、そうだね」

どことなく慎司の歯切れが悪いのが気になったが、追及するだけの理由もない。全く縮まらない距離に悔しいような泣きたいような気持ちになって、萌はわざと慎司から目を逸らした。

「じゃあ、私部屋に戻ります。また明日、朝食持ってきますね」

「うん、じゃあ萌ちゃん」

逸らした視線を無理やり合わせるように、慎司は屈んで萌の顔を覗き込んだ。いつもより近い距離に彼の目があって、一気に顔が火照る。

「……いつも美味しいご飯、ありがと。冗談抜きで、感謝してる」

目が柔らかく細められて、見たことのない表情に萌はどう反応していいかわからなかった。その距離は十五センチほどしかなくて、笑うとうっすら目尻に皺があることも初めて知る。

営業スマイルじゃない。だとしたら、これはどんな顔なんだろう。

そう思いつつも、なんとなく騙されているような気持ちもぬぐえない。

「お……おやすみなさい！」

萌は勢いよく慎司から距離を取ると、急いで自分の部屋へと戻りドアを固く閉めた。

（何……なんなんだろう、あの態度……）

なんとなく釈然としない気持ちを抱えつつ、居間のテーブルの前に座り込む。いつもより早く仕事を終えて帰ってきたはずなのに、なんだかぐったりしてしまった。

お腹がすいているせいかもしれない。ご飯を食べようと箸を手に取ると、隣からもガタガタと音が聞こえてきた。そして。

『いただきます！』

いつもは聞こえない大声に、萌はぷっと吹き出した。萌に聞かせるために大声を出して言ったのだろう。そう思うと、モヤモヤしていた気持ちがすーっと晴れていく。

「……いただきます」

小さな声でつぶやき手を合わせると、萌も慎司と全く同じ食事を取り始めた。

お風呂にも入り終わってそろそろ寝ようかと布団を敷きながら、萌は慎司の部屋から聞こえてきた女性の声のことを考えていた。

慎司が倒れてから大分たつ。普通、彼氏が倒れたとなれば毎日のように通ってもいいと思う。セフレなんて作る人だと思いたくないけれど、そうであれば遠距離恋愛か何かなのだろうか。

（食材を冷凍庫に入れたくなかったのは、生活感のあるものを入れて彼女に疑われたくなかったとか？　あ、でも冷蔵庫に入れていいなら同じか。一体どうしてなんだろう……）

考えても理由がさっぱりわからず、萌は諦めて部屋の灯りを消した。

そして、いつの間にかまた慎司の部屋の傍に敷くようになっていた布団の中に潜り込む。

もしかして、慎司は彼女と別れたのだろうか。そんなことを期待するなんてズルイ子だと思いつつも、フリーならいいな、と思う気持ちは否定できない。

モヤモヤとした気持ちを抱えつつ壁の方へと寝返りを打った時、慎司の部屋から話し声が聞こえてきた。

こんな夜中に？　と思いながら、ぱちりと目を開く。

数秒間、自分の中のモラルと戦ってはみたものの——結局萌は好奇心に負けて壁の傍へと張りついていた。かろうじて壁に耳をあてるのだけはやめておいたが、かなりそれに近い体勢だ。

ボソボソと何かを囁く小さな声は、間違いなく慎司のものだと思う。何を言っているかはわからないが、随分楽しそうな声色だ。もっとちゃんと聞こえないかな——そう思いながら身体を半分起こしかけた時だった。

『ふふ……やめろって、アイカ』

ガンと頭を殴られたような衝撃だった。

病院に運ばれた時に、慎司がつぶやいていたのと同じ名前。聞き間違いでは、ない。

いつ来たのかはわからないが、やっぱり慎司には彼女がいる——。

ドキドキして胸をぎゅっと押さえると、再び楽しそうな慎司の笑い声が聞こえた。明日は土曜日で、慎司も仕事は休みのはずだ。だからきっと、ここのところ来ていなかった彼女が泊まりに来たのだろうか。

仕事帰りに慎司に会って、思わせぶりな言葉を言われて、大量の食材を渡されて。

今日のあのやり取りはなんだったのだろうと思うと、ツンと鼻の奥が痛くなった。

『作ってくれる人がいるって、俺が会社の人に話したら迷惑？』

あの言葉にも、その後優しく頭を撫でてくれたのにも、さして意味はなかったのかと思うと胸が一気に苦しくなった。

萌に優しくしてくるのは、食事を作ってあげているからだろうか。そしてそれを今後も続けてほしいから、思わせぶりなことを言うのか。

(それって……ただの給仕係じゃん！　お隣さん以下の存在だよ……)

萌は泣きたい気持ちでぎゅっと目を固く閉じて布団に入ったかと思うと、再び這い出し、通勤用のバッグの中からミュージックプレーヤーを取り出した。

聞きたくない。二人の声なんて。

暗闇の中で萌は音量をいつもより大きくすると、急いでイヤホンを耳の中へと突っ込んだ。

第七章　お隣さんと朝ご飯

遮光カーテンなるものがあることを知らず、可愛さだけで買ってしまったカーテンは容易に朝の光を通す。嫌でも目が覚めてしまい、萌は布団からむくりと身を起こすとため息をひとつついた。

寝てる間にはずれてしまったのか、イヤホンはとっくに耳から離れている。それでも寝る直前までは音楽を聴いていたから、慎司が彼女とどんな夜を過ごしたのかはわからない。

(彼女といるなら、朝食なんて余計なお世話だよね。ていうか、もう作りたくないかも……)

萌は再びぽてっと枕に顔を落とした。ここ何日かの優しい態度に、すっかり誤解していた。いきなり彼女になれるなんて思ってはいないけど、それを未来に期待できる『仲のいいお隣さん』くらいにはなれただろうと思っていたのに。

自分のお弁当にもなるからなんて無意識に言い訳をしていたけれど、やっぱり『人に食べさせるための食事』を作ることは疲れる。それが、好意を抱いている相手となればなおさらだ。

一人の食事なんだから適当に済ませようと布団から這い出たところで、携帯がブーッと長くバイブした。メールかと思ったが電話のようだ。

こんな朝早くから誰だろうと急いで手に取り、表示された名前を見てぎくんと身体が強張った。

『あ、もしもし萌ちゃん？　おはよ』

携帯から聞こえる声は、微かに壁の向こうからも聞こえる。萌は慌てて携帯を片手に、少しでも遠ざかろうと反対側の壁に這い寄った。

「お、おはようございます。どうしたんですか？　こんな朝から」

彼女と一緒にいるのに――。

そう喉元までこみ上げた言葉を、ごくんと飲み込む。自分はただのお隣さん。余計な詮索は不要だ。

『うん。朝ごはん、もう食べた？』

「いえ……少し前に起きたばっかりで」

休みの日だというのに早速朝食の催促かと思いきや、慎司の口からは意外な言葉が出てきた。

『よかった。それならさ、一緒に外に食べにいかない？』

「……はあっ？」

壁が薄いということも忘れ、素っ頓狂な声を上げてしまった。

『萌ちゃんのことだから、もしかしてもう作り始めてたとか？』

「い、いえいえ。そういうわけじゃないですけど……」

昨晩一緒にいた彼女はどうしたのだろう。そう思って黙り込んでいると、携帯からは軽やかな声が聞こえてきた。

『じゃあ、いこ？』

無邪気に誘われては断る術もない。頭の中にたくさんの疑問符を抱えたまま、結局十五分後に迎えに来るとの言葉に萌は承諾の返事をしていた。


「引越してきてまだそんなにたってないから、ここら辺もまだまだ詳しくないだろ？ここ、早くからやってるし週末は利用すること多いんだ」

慎司が連れて行ってくれたのは、もえぎ荘から歩いて十分ほどのところにある小さなカフェだった。まだ早い時間帯だというのに、店内にはちらほらお客さんの姿も見える。

グレーのTシャツに黒のカットソー、ベージュのパンツといったラフな姿の慎司と向かい合いながら、萌は少しだけ複雑な気分で運ばれてきたアイスカフェオレのストローを口に含んだ。

何を着ていこうと迷ったのは一瞬のことで、どうせ部屋着姿を散々見られているんだから……と、デニムにパーカーという素っ気ないいでたちで来てしまった。投げやりに服を選んだ背景に、昨夜の彼女のことが影響していないと言えば嘘になる。

(彼女さんはどうしたんだろ。終わってから帰したとか？ それとも朝帰り？ せっかくの休みなのに可哀想……って、お仕事なのかもしれないけど……)

「萌ちゃん？」

無意識に、ストローでぐるぐるとコップの中の氷をかき混ぜていた。そんな萌を不審に思ったのか、慎司がひょいっとテーブルの向こうから身を乗り出して顔を覗き込んできた。

「わっ！」

急に目の前に端麗な顔が広がって、驚いてグラスを落としそうになる。

「どうしたの？ なんかさっきから考えこんでるみたいだけど……悩みでもあった？」

まさか、目の前にいるあなたのことですなんて言えるわけがなく。

「し、仕事のことでちょっと……」

引きつった笑みとともに、ストローに口をつけてごくごくとアイスカフェオレを飲んだ。仕事のことと言ってしまえばそれ以上追及されることはなく、慎司は笑みを浮かべながら自分もコーヒーを啜った。

「そっか。春に就職したばかりなんだっけ？　そりゃあ色々あるよね」

ぱっと見、まるで恋人同士のような朝の風景だ。彼氏がいたらこんな感じなんだろうかと思いつつ、どこか虚しさも感じる。女性を呼ぶ慎司の声が、忘れられないからだ。

『あ……っ、や、ダメ……』

もう一カ月近くも前になる、忘れたはずの情事の声が突然頭をよぎる。

「……っ！」

慌ててぶんぶんと頭を振ると、不思議そうに慎司が萌を見つめているのがわかった。

「大丈夫？　萌ちゃん。そんなに深刻に悩んでるなら、俺でよければ相談にのるけど」

「いっ、いえ！　なんでもないですから…」

「まだ入社一年目なのに、休みの日にまで仕事のこと考えてるなんて本当偉いな」

咄嗟についた嘘を褒められては、罪悪感が湧く。なんとなく俯きがちに視線を落としつつ、ふと慎司の仕事の話を聞いてみたくなった。

「三浦さんは……休みの日には、あんまりお仕事のこととか考えたりしないんですか？」

「俺？　まあねー。オンとオフはしっかりけじめつける方だから。あんまりストレス溜め込みたくないし」

そういえば、慎司は外資系保険会社の営業マンだと言っていた。帰宅時間もマチマチのようだし、萌より遅いことがほとんどだ。過労で倒れてしまうくらい忙しいのだろうな……と思う反面、ふと疑問が湧いてきた。

(そんなエリート企業に勤めてるなら、きっとお給料もいいだろうし……どうして『もえぎ荘』みたいな古くて安いところに住んでるんだろ)

新入社員で独身寮を追い出され、手持ちも少ない萌。それに加えて、彼は外資系保険会社の営業マンで、歳だっておそらく萌より五つ以上は上だろう。この街にも詳しい様子で、何年も前からここに住んでいたような印象も受ける。

確かに商店街も近くて親しみやすい街だとは思うけれど、自炊も全くしない彼のような人が固執するような街には思えない。それなら、もっと外食店の多いところの方が便利なはずだ。

「あの、三浦さんは……ここに住み始めて長いんですか?」

「もえぎ荘にってこと? うーん、そうだね。なんだかんだで三年はたつかも」

「結構長いですね。もえぎ荘って……結構古い物件ですよね。不動産屋さんに紹介してもらった時、人気の物件だとは言ってたんですけど……三浦さんは、どうしてあそこに住んでいるんですか?」

職業的にも年齢的にも、彼ならもっといい物件に住めるだろう。

「うん、まあ……ペットとか……」

「ペット？　三浦さん、ペット飼ってるんですか？」

意外な返事に、萌は驚いて慎司を見つめた。彼の部屋に入った時に確かにケージというか水槽のようなものはたくさんあったけれど……生物の気配は全く感じられなかったように思う。もし猫や犬がいるならば、突然部屋に侵入してきた萌に対して、なんらかの反応があるはずだ。

訝しげな顔をした萌の前で、慎司はどこか慌てた様子で手を横に振った。

「あ、いやその……俺じゃなくてさ！　あそこが結構人気ある理由。ペットを飼えるってことで選ぶ人も多いみたいだよって話で」

「へえ、そうなんですか！　全然知らなかった」

急いで探していただけに、もえぎ荘の条件はほとんど見ていなかった。まだペットを飼っている住人には会ったことはないが、あの古さならペット可の条件も頷ける。

「三浦さん、ペット飼いたいんですか？」

「え、あ、う～ん……まあ……」

どこか歯切れの悪い返事で、慎司がクロワッサンを小さくちぎって口に入れる。それを見つめながら、萌はぱくっとマフィンにパクついた。

「なんか似合いそう。三浦さんなら、猫とか」

「……萌ちゃんは、動物好き？」

「まあ、人並みには。でも実家でも飼ったことないし、犬とか猫とかどう扱っていいかわからないですね。可愛いとは思いますけど、抱っことかして暴れられても困るし、触り方とかわからなくて」

何気なくそう答えつつ慎司を見やると、なぜだか慎司は落ち着きのない様子で視線を彷徨《さまよ》わせていた。

「三浦さん？」

「いや……なんでもないよ。萌ちゃんこそ、どうしてこんな季節はずれに引越してきたの？」

今度は逆に萌が質問され、どぎまぎしながら慎司の顔を見つめ返す。

「その……会社の独身寮が、急に閉鎖されることになってしまって」

正確に言うと、萌が知らなかっただけで急にではないが。

「うわ、それは大変だったんじゃない？」

「はい。一人暮らししたことなかったもんだから、物件探すのも一苦労で……。会社の通勤範囲内で、ようやく見つけたのがもえぎ荘なんですよ」

「じゃあ一人暮らし初めてなの？　その割に料理もすごくウマいし、手際もいいよね。感心しちゃうなあ」

「そ、そんなことないですよ」

話題をそれとなく自分に向けられたことにも気づかず、萌は褒められて恥ずかしくなって俯いた。そんな萌を微笑ましく見つめながら、慎司はブラックコーヒーを飲んだ。そしてごく自然にさり気なく、お皿に置かれたサラダを遠ざけた。

「あ！　三浦さん、野菜食べなきゃダメですよ！」

「う、目ざとく見つけたなあ……大丈夫だろ？　こんな少し」

「その少しをどうして食べられないんですか？」

まるでちょっと世話好きな彼女と彼氏のようなやり取りに思えて、自分で言ったくせにニヤけてしまう。そうして結局は、あそこのアパートにどうして長く住んでいるのかという質問をはぐらかされたことなど、すっかり抜け落ちていた。

目的は朝食を一緒に取ることだったから、それを終えてしまえば自然ともえぎ荘に帰るしかない。なんとなくもどかしい気持ちを抱えつつもこれ以上彼と一緒に過ごす理由はなく、来た時と同じ道を戻っていく。

「そういえば……近くの商店街ってなんでもそろうのに、パン屋さんだけないですよね」

「パン屋？　あー、言われてみれば見かけたことはないかな。パン、好きなの？」

「はい。朝から焼き立てのパンとか、食べられたらいいなあって……」

そんな他愛もない話をしていると、あっという間にもえぎ荘の前についてしまっていた。

トントンと慎司の後ろについて階段を上がりながら、このままお互いの部屋に入るのを惜しいと思っている。それは、萌だけだろうか。

「あのっ、三浦さんはこれから何するんですか？」

「俺？　午前中はダラダラしてるだろうけど、午後からはちょっと会社に行く予定。片付けなきゃいけない資料とかあってさ」

「そうですか……」

しょんぼりとうなだれていると、身を屈めて顔を覗き込まれた。

「萌ちゃんは？」

「え？　私……私は、えっと」

何もすることがないなんて答えたら、寂しい女の子だと思われてしまう。萌は慌てて、頭を回転させた。

「えっと……DVDを見ようかと思ってて」

そう言いかけてから、まだ自分の部屋のDVDプレーヤーをテレビに繋いでいないことを思い出した。

「でも、その前にテレビにデッキを繋がなきゃいけないですけど」

「そういうの苦手なタイプなの？」

「そういうわけでもないんですけど……なんか、引越しの最中に、コードを一本無くしちゃったみたいなんです。どうがんばっても線が一本足りなくて。でも何が足りないかもわかんないから、説明書持って買いにいかないとダメかな」

「それって苦手ってことじゃないの？　どんなコード？」

「テレビとプレーヤーを繋ぐヤツです。後ろから繋ぐ、赤と白と黄色の……」

身振り手振りで説明すると、慎司はうーんと腕組みをして言った。

「それなら、俺の部屋に余ってるのがあるかもしれない。試しに持っていって、繋いであげようか？」

思わぬ申し出に、萌の目がきらめいた。

「い、いいんですか？」

「いつも飯作ってもらってるんだもん。これくらいお安い御用だよ。もし俺の持ってるコードで合わなかったら、調べて買ってきて繋いであげるよ」

小躍りしそうなのを必死で抑え、萌はぺこりと頭を下げた。

「ありがとうございます！」

「まだお礼は早いって。じゃあコード探して持っていくから、家で待ってて」

そう言うと、慎司はさっさと鍵を開けて自分の部屋へと入ってしまった。

赤い顔で慎司の後ろ姿を見送っていた萌は、ハッとして自分の部屋の鍵を開けた。配線を繋いでもらうということは、慎司が部屋に入ってくるということだ。こうしてはいられない。萌は隣に聞こえるのも構わずバタバタと部屋に駆けこんだ。

もしかして『ご飯一緒に食べようか』なんて言われることがあるかも――。

そんな妄想を日々繰り返して片付けを済ませていた部屋は、敷きっぱなしだった布団を除けばそこまで散らかってはいなかった。急いで布団をひとまとめにして押入れに押し込むと、脱ぎっぱなしだったパジャマを洗濯機の中に放り込み、テーブルに置きっぱなしのマグカップをシンクに片付ける。シンクの中には洗っていない食器が何枚かあったが、これは覗かないと見えないからいいことにしよう。

隣の部屋からは、配線コードを探しているのか何やらゴソゴソガタガタと音が聞こえてくる。萌のために、探してくれている。笑みを堪えつつ部屋を片付けていると、トントンと足音が聞こえて慎司が部屋を出たのがわかった。

ピンポーン。

間髪入れずにチャイムが鳴り、慌てて玄関へと向かう。ドアを開けると、配線コードを片手ににっこりと微笑んでいる慎司がいた。

「あったあった。多分これでいいと思うんだけど、上がっても大丈夫？」

「は、はい！　どうぞ入ってください」

慌てて慎司を中に招き入れる。スリッパを出すべきかと焦ったが、その前に自分用のスリッパしかないことを思い出してさらに焦る。用意していなかったことを後悔してももう遅い。慎司は萌の動揺を知ることなく何気ない様子で玄関に入り、後ろ手でドアを閉めた。

引越しの手伝いに友人が来たのとはわけが違う。あの時以来の他人の訪問に加えて、それが男の人、それも自分が意識している相手となるとなおさらだ。実家にいる時だって、異性を家に呼んだことは一度もなかった。自分の足元にうずくまりスニーカーを脱ぐ慎司の姿を、マジマジと見つめてしまう。

初めて自分の部屋に異性が入ってくることに緊張していると、慎司は興味深そうにキョロキョロとあたりを見渡しながら、萌の部屋に足を踏み入れる。どことなく、その顔はにやついているようだ。

「同じ造りのはずなのに、なんだか全然違う部屋に見えるな」

壁越しではなく自分の部屋に慎司の声が直接響くことが、なんだかくすぐったい。

「そ、そうですか?」

「うん。あ、俺の部屋より数倍キレイなせいもあるか」

綺麗にしたつもりでも、彼に見られていると思うと途端に落ち着かなくなる。慌てて四方に目を走らせ、大丈夫大丈夫と自分に言い聞かせる。

「俺の部屋に入った時も、なんか違うなーって思わなかった?」

「あの時は必死でしたし、部屋も真っ暗でよく見えなかったので……」

「そっか。あ、これだね」

慎司は部屋の角に置かれているテレビに近づき座り込んだ。電源も入れずに傍に置きっぱなしだったDVDプレーヤーの裏側を覗き込む。

「やっぱ足りないって言ってたのはこの配線だ。繋いでみてもいい？」

「はい！　お願いします！」

テレビの裏側を覗き込み、配線を繋ぐ姿を惚れ惚れと見つめる。

外で会っている時も背が高いとは常々思っているけれど、萌の部屋で座っている彼はさらに大きく感じる。部屋が狭いせいだろうか。

ゴツゴツとした男の骨ばった背中に、今さらながらドキドキしてくる。

高校・専門学校時代は、彼氏どころか特定の男友達ができることもなかった。きっちり門限のある過保護な両親のもとでは、誘われても夜遊びにはなかなか行けない。だから、男性と縁のない生活も仕方ないと思っていた。

それなら両親のもとを出て就職してからだと期待していたが、萌の勤めている会社はファンシー雑貨やキャラグッズを扱っているだけあって、男性社員が少ない。その数少ない男性社員には大抵女性社員の彼女がいて、そうじゃなくても女性に囲まれていることが多い。男性に対して奥手で新人の萌には、話をする機会すらなかったりする。

その分女性の先輩や同僚には恵まれていたから、彼氏が欲しいと思うことはそれほどなかったけれど。

男性に縁遠い人生だったのに、引越した先のお隣さんとこうやって一緒にいることを不思議に感じる。と同時に、あまり意識していなかった『部屋に二人っきり』というシチュエーションに、一気に緊張感が高まった。

(い、いまさら……朝ごはんだって一緒に食べに行ったし、そんな緊張することじゃないのに！)

「繋ぎ終わったよー。試しになんかかけてみて」

「わ、あ、はっ、はい！」

ワタワタと周辺を探し回って、見ようと思っていたDVDを手に取る。学生時代から何度も見ているファンタジーもののDVDを受け取ると、慎司は微かに眉を上げて微笑みながら言った。

「へえ。これ、俺も好き。DVDも持ってるよ」

(『俺も好き』って……)

途端に、どくんと萌の心臓が鳴る。慎司が言ったのは、DVDの話だ。それなのに、好きという単語だけが頭の中に響く。

ただのお隣さん。けれど、意識しだしてしまえば気持ちは止まらない。

こっそりと横顔を盗み見る。

引越してきたばかりで、更新期間は一年。貯金もそれほどないし、気まずくなって引越したくても金銭的には無理だ。余計な感情は抱かない方がいい、と心の中で言い聞かせる。

でも――密かに想うくらいなら、バレないし。

好きになっても、いいのかな。

萌がそう思った瞬間、

「ガチャンッ!!」

と、隣の部屋から大きな物音が聞こえてきた。萌の部屋は角部屋だから、音の出どころは言うまでもなく慎司の部屋だ。

「え?　今なんか……」

驚いて慎司を見つめると、彼の顔がサッと強張ったのがわかった。

「あの、三浦さんの部屋からなんか大きな音がしましたけど……」

「あっれー……なんか、積んでた本でも倒れたかな?」

そう言った次の瞬間、今度はさっきよりは小さいが、またカシャンと何か軽そうなものが床に落ちたような音が聞こえてきた。

誰もいないはずの部屋なのに――?

そう思った次の瞬間、浮かれて忘れていたことをふいに思い出した。

昨晩聞こえてきた、慎司の優しげな声。それが向けられた『アイカ』という女性が、彼の部屋にいるんじゃないだろうか。

「三浦さん、あの……」

不穏な気持ちを隠しつつ声をかけると、ぴたっと動きを止めていた慎司がハッとしたように萌の方を振り返った。

「大丈夫そうだね！」

「え？」

言われてみると、彼が繋いでくれたテレビからは見慣れたオープニング映像が流れ始めている。

「あ、はい。ありがとうござい……」

「じゃあ俺はこれで。あ、見送りはいいから！」

萌の言葉を途中で遮りすっくと立ち上がったかと思うと、慎司はそそくさと部屋を出ていってしまった。呆気にとられて見送る間もなく、玄関からはバタンとドアの閉まる音が聞こえてきた。

残された萌は、呆然とするしかない。

（なに……いきなり、どういうこと？）

頭の中には大量のクエスチョンマークが浮かび、大音量のＤＶＤを止める気すら起こらない。

すると、すぐに隣から荒々しい足音が聞こえてきた。なんだかひどく慌てているようにも感じられる。慎司がそんな風に歩くのは珍しい。さらにガチャガチャと金属音が聞こえてきて、やめようと思いつつも壁の方に寄ろうとした次の瞬間。

『アイカ、ダメだろ？　ちゃんと待っててくれなきゃ』

どこか甘い響きを含んだ慎司の声が聞こえてきて、萌は頭をガンッと殴られたような衝撃を覚えていた。

（やっぱり……彼女いるんじゃない!!）

最低だ。

もしも慎司が萌の部屋に来ている間に彼女が来訪したのだとしたら、部屋に入る音で絶対わかるはずだ。そんな気配が全くなかったということは、彼は今まで彼女を部屋に置き去りにしてほったらかしにしていたということになるんじゃないだろうか。

（彼女が部屋で待ってるのに……なのに、なんであんな平気そうな顔して私の部屋に来れるわけ!?）

彼女が了承してるのなら萌には全く関係ないことのはずなのに、沸々と怒りが湧いてくる。

彼女が来ているのに、ほっといたなんて。そして私の部屋に来ていたなんて。

何よりもその事実は——萌のことをなんとも思っていない事に直結する。

仲良くしてると思っていたのに、意識されていると思うこともあったのに、全て萌の勘違いということか。

なんのために彼にご飯なんて作っているんだろう。

彼女だと勘違いされて、病院で説明を受けてしまったから？　それとも、慎司に頼まれたから……？

ぐるぐると思考を巡らせ、はたと気づいた。

（違う。私は、三浦さんに好かれたかっただけなんだ……）

料理は好きだけど、積極的に人に食べさせられるほどの腕前じゃないことは重々承知だった。それでも引き受けたのは、慎司のことが心配だったというよりは――彼に好かれたい気持ちの方が大きかった。

専門学校時代は、そうやって男の人に媚びる子のことをどこかバカにしていたはずだった。両親に過保護に育てられた自分は、どこか男の人にも無意識に距離を作りがちで、ろくに恋愛も知らずにここまできてしまった。それでもいいと思っていたからこそ、男の子に好かれようと必死に努力する子をどこかでバカにしていたのだ。

最低なのは、もしかして私の方――？

彼女がいるかもしれないなんて、あの夜からわかっていたことだ。なのに、もしかしたら違うかもしれないなんて妄想にしがみついて、慎司との距離を埋めようとしていた。

本当に善意で彼に食事を届けているだけなら、ちゃんと聞けばよかったんだ。

『彼女いるんですよね？　なのに、他の女の子にご飯なんて作ってもらっていいんですか？』と。

それを聞かれてしまえば、間違いなく慎司は食事を萌に頼むことを遠慮しただろう。そうなってせっかく彼と繋がりそうな縁を切ってしまうのが、怖かったのだ。

相変わらず隣からはひそひそと何か話す声が聞こえてくる。でも、これ以上その内容を聞く気にはなれず、それどころか僅かに漏れてくる声を聞くのも辛くなった。

こんな状況で、逃げ込める場所といえば。

萌は大きめのバッグに頭に浮かぶ限りの必要なものを一気に詰め込むと、急いで外へと飛び出した。


「も――――！　いきなり来るのはやめなさいって言ってるでしょう!?」

「い、いきなりじゃないですぅ……ちゃんとマンションの前で連絡を」

「そういうのをいきなりっていうの！　せめて自分の家出る前に連絡しなよ。私がいなかったら、無駄足になるのはアンタなんだから」

口ではブーブー文句を言いながらも、梅村はあっさりとドアを開くと萌を中へ招き入れてくれた。

今にも泣き出しそうな萌に何かを感じ取ったのか、怪訝な表情を一瞬でひそめたかと思うとすぐにキッチンに引っ込む。そして再び出てきた時には、マグカップを手に持っていた。

ふわんとココアのいい香りがするマグカップを渡され、萌の目にじわっと涙が滲んだ。

「ありがとうございます……」

「何があったのよ？　昨日帰る時は、元気そうにしてたじゃない」

言葉の口調は強いが、その裏には気遣うような優しさが感じられた。

萌は渡されたマグカップを口につけコクンと温かい液体をひとくち飲んで、ふーっと静かに息を吐いた。

「なんていうか……気になる人に、彼女がいたっていうかなんていうか」

「え、なになに。恋愛事なの？」

まさか萌からそんな話を聞かされるとは想像もしていなかったのか、梅村は形のいい切れ長の目を見開きながら、テーブルを挟んで萌の向かい側へと座り込んだ。

「驚いた。アンタそんな素振り全く見せてなかったのに。相手は？　もしかして社内の人？」

「まっ、まさか！　社内で話をするような男の人、いないですもん。梅村さん知ってるでしょ？」

「箱入りの奥野のことだから、誰かを陰からこっそりと見つめ続けるとか、ありそうかなって」

「そんなんじゃないです！」

ぷっと頬を膨らませながら抗議しつつ、再びココアを飲む。甘くて温かい飲み物が、ささくれだった気持ちを緩やかにさせてくれる。

「いやでも実はさ、奥野のことを紹介してくれって何人かに言われたことあるのよ。まだ入社したばかりでそれどころじゃないから、待ってやってって男どもには言ってたんだけど」

「そうなんですか？」

そういう風に言ってくれる男性社員がいるとは、全く想像したこともなかった。

「まあ、奥野に紹介したくなるほどの男達じゃなかったたし、自分で声もかけられない男なんてどーなのってのもあったから放っておいたけどね」

少し前の萌なら、すぐさま紹介してほしいと梅村にせがんでいたかもしれない。でも今の精神状態では、そんな気にはなれなかった。

まだ慎司のことを、本格的に好きになったわけじゃない。彼女のいる人なんて、好きになったって何もいいことはない。

そう思えば思うほど、毎朝朝食を届けた時の慎司の嬉しそうな顔が浮かぶのはどうしてだろう。

「それで、相手は誰なのよ？　どうやって出会ったの？」

梅村にそう尋ねられ、萌は重い口を開いた。

「それが……近所の人といいますか……ちょっと、困ってたところを助けてあげたら親しくなったといいますか」

「近所の人？　このご時世に珍しい。その人が、彼女と一緒に歩いてたとか？」

「まあ、そのような感じです……」

ハッキリ見たわけではないけれど、彼女の名前を呼ぶ慎司の甘い声なら何度も聞いた。

沈んだままの萌を前にして、梅村はハーッとため息を吐いた。

「彼女がいるんなら仕方ないか。個人的には『奪っちゃえ！』ってとこだけど……奥野なら無理だろうしね」

「う。それって女としての魅力に乏しいってことですかぁ？」

「違うわよ。アンタ優しいし肝心なところで一歩引くところあるから、そんなの無理でしょって」

思いがけずに温かい評価をされ、萌は目をパチパチさせた。仕事ではいつも厳しく叱ってくることの多い梅村が、そんな風に萌のことを言うのは初めてだった。

「うう――っ！　先輩～！　やっぱりこういう時は女友達ですよね！」

「ちょっ！　私はアンタの友達じゃないでしょうがっ」

そう言いつつも、梅村はヨシヨシと萌の頭を撫でてくれる。

「仕方ないなあ。引越し祝いしてあげるって言ってたの、今日にする？　予定ないなら夜になったら飲みにでもいこうか」

「はい！　もちろんです」

まだ、慎司のことは深くは知らない。

なかったことにして気持ちをリセットするなら、今だ。

萌は梅村が着替えのために寝室に入ったのを見計らって、自分の携帯を取り出した。そして、メールを打ち込んだ。

『もう元気そうですから、食事は自分でなんとかしてください』

嫉妬にまみれたひどい文章だとも思ったが、勢いにまかせてそのまま送ってしまった。

彼女がいるのに、このままズルズルと彼の食事を作り続けるのはおかしい。自分が彼女の立場だったら、絶対にイヤだ。そして、人の嫌がることをしてはいけないと、両親には小さい頃から何度も言われていた。

本当はもっと早くこうするべきだったんだ。聞き間違いなんてありえなくて、彼が女性と真夜中に身体を重ねていたのは事実だ。

（なのに……どうして期待なんかしちゃってたんだろ……）

「奥野ー？　アンタなんなのこの大荷物。まさか今夜泊まる気できたわけじゃないでしょうねー?」

「わっ、いやそういうわけじゃ！」

こっそりと玄関に置いてきた大荷物を発見して、梅村が苦笑混じりに言っているのが聞こえた。

「まあ今日は予定もないしいいけどさ。今日だけよ！」

「はっ、ハイ！」

誰か友達の家にでもお泊まりしようと思っていたので、梅村の家に泊めてもらえるなんて本当にラッキーだ。

「先輩！　私一生ついて行きます！」

「調子いいんだから」

苦笑する梅村にゴロゴロとなつきながら、萌は携帯を傍らのバッグの奥底にしまい込んだ。

第八章　告白

週が明けた月曜日。

『何かあった？』

梅村の家から直接会社に向かい、デスクについて携帯を確認すると慎司からのメールが一通だけ来ていた。送られてきたのは、萌が断りのメールを送った一時間後だ。この週末は意識して携帯を見ないようにしていたので、今まで気づいていなかった。

気遣うようなニュアンスは感じられた。でも、慎司から来ているのはそれ一通だけだ。自分の価値なんてそんなものだと言い聞かせ、未練が残らないように萌は即座にメールを削除した。

休み明けの月曜日はやる仕事も多く、あっという間に一日は終了してしまう。加えて昨日一緒に飲みに行ったことで梅村が大きなプロジェクトに関わっていることを知り、恩返しに彼女の仕事を手伝うことにした。

一年目の新人に手伝えることなんてたかが知れているけれど、仕事量が半端ないだけに雑用でも手伝えることは山ほどある。

「お疲れ様！　じゃあみんなでご飯でも食べて帰ろうかー？」

定時が大幅に過ぎても残業に勤しみ、誘われて食事をして帰ることも多かった。自然と帰宅時間は遅くなっていき、朝もギリギリまで寝ている始末だ。

慎司がどんな生活をしているのかはわからない。なぜなら、何も考えなくていいように帰ったらすぐに寝てしまうからだ。眠る時には、音楽プレーヤーのイヤホンを耳に突っ込むことも忘れない。

慎司の朝食や夕食を作っていた頃は規則正しかった生活のリズムが、あっという間に崩れていく。

「あらら。結構続いてるなーって見てたのに、やっぱ忙しいと面倒になった？」

昼休み。梅村にそうからかわれつつ、萌はぶすっとした顔で社員食堂で一番安いメニューのかけそばを啜った。

先輩たちとつるんで行くような美味しいランチは、経済的に続かない。かといって安いかけそばでは量も味も物足りなくて、これなら自分で作るお弁当の方がよっぽどマシだと思うことがほとんどだ。

（でもなあ……自分のためだけに作るのって、どうも面倒なんだよなあ）

思えば、先週慎司の冷蔵庫に預けた食材はどうなったのだろう。目が届かないだけになるべく日持ちのしそうな食材を渡したつもりだったけれど、そろそろ賞味期限が切れるものもあるはずだ。

でもそんな心配は、余計なお世話というものだろう。もらったのは萌ではなく慎司だ。それなら、彼女にでも調理してもらえばいい。

萌の家の冷凍庫にも、まだぎっしりと高級食材が詰まっている。それを食べてしまっていいのかどうかの判断もつかなくて、若干気が重い。

せっかくお弁当を作るクセがつきつつあったのに。

萌はため息をつきながら、物足りない思いでかけそばの最後の一本をちゅるんと吸い込んだ。


「たまには気持ちを切り替えて早く帰ることも大事だから」

梅村にそう言われて、その日の仕事はほぼ定時に終わった。以前なら手放しで喜ぶところだが、家に帰りたくない現在の状況ではそうもいかない。だったら同僚や友達を誘って食事や飲みにでもいけばいいのかもしれないけれど……ここのところ昼も夜も外食続きだったために、財布はかなり厳しいことになっている。貯金も少ないこの状況で、これ以上の散財は無謀だ。

「仕方ない。帰るか……」

慎司を避けるような生活を始めてから、約一週間が経過していた。くしくも今日は金曜日だ。明日からの週末は予定もないから一人で家にいるしかなく、気が重い。

（そうだ。明日は朝から実家に帰っちゃおうかな。最近帰ってなかったから、そろそろ何か言ってくる頃だろうし）

独身寮が廃止になることを隠して、親に内緒で勝手に始めてしまった一人暮らしだ。ぼろが出るのがイヤで極力連絡を取らないでいたけれど、あまり間があくと突然こちらに来るなんて暴挙にも出られかねない。

実家に帰れば週末は過保護な両親に拘束されてしまうが、それも今ならそれほど鬱陶しくない。加えて、いつも帰る時にはなんだかんだとお菓子や飲み物を持たされる。財布の寂しい現状で、それはひどく魅力的に思えた。

（よし、決めた。明日の朝から実家に帰ろうっと）

決めると、随分と気持ちが楽になった。今日さえ物音を立てずに静かにやり過ごせば、慎司に気づかれることもない。そうやって週末を乗り越えれば、また忙しい日々が待っている。さすがに二週間もたてば、慎司も萌のことなど構わなくなるだろう。

そうなったら、冷凍庫にしまい込んでいる食材も素知らぬ顔で食べてしまおう。

こんな早い時間なら、慎司はまだ帰宅していないに違いない。萌はもえぎ荘につくとカンカンと音を立てながら軽やかに階段を上り、バッグの中から部屋の鍵を取り出しドアノブに差し込んだ。

その瞬間。

ガチャリと音がしたかと思うと、素早く隣の部屋のドアが開いた。

言うまでもなく、顔を覗かせたのは慎司だ。

「お帰り、萌ちゃん」

驚きすぎて、声も出ない。口をぱくぱくさせながらゆっくりと顔を横に向けると、ドアを開けた慎司がひどく不機嫌そうな顔で萌を見下ろしていた。

「お帰り」

「た……ただいま……」

二度も言われては返事をしないわけにもいかず、萌は引きつった笑みを浮かべながらそう答えた。

「えっと……それじゃあ」

素早く鍵を回してドアを開き中に入ろうとすると、すかさず隣の部屋から出てきた慎司がドアが閉まるのを腕で止めた。

「なんで逃げる?」

「に、逃げてないですよ」

そう言いつつも、必死で中からドアを閉めようとしてしまう。慎司はムッと顔をしかめると、ドアの隙間に自らの身体を滑り込ませた。

「えっ⁉　ちょ、ちょっと三浦さん！」

萌が驚愕の声を上げるのにも構わず、慎司が後ろ手でドアを閉めた。狭い玄関に二人きりという状況に、軽くパニックを起こしそうになる。

「なに？　ど、どうしたんですか？」

「……それはこっちのセリフ」

どうしたらいいのかもわからずただ慎司を見上げていると、慎司はずいっと萌の方に一歩踏み出した。自然と萌の身体が後ろに下がる。

「なんでいきなり避けるようになったの？　俺、なんかした？」

「さ、避けてるわけじゃ……」

「明らかに避けてるだろ」

図星なだけに、うまい言い訳が思いつかない。さらにこんな状況になってしまうことなんて露ほども想像していなかったから、どう対処していいかわからない。

見上げた慎司の顔は、とても怒っているように見える。なんで自分が怒られなければいけないのかと思いつつ、その顔が怖くてさらに一歩下がると、背中は慎司の部屋との境目である壁にトンと当たった。

「萌ちゃんに避けられるようなこと、俺何かした？」

「し、したっていうか、なんていうか……」

彼女がいるくせに、のこのこと萌の部屋に来てたくせに。

そう言えればあっという間に話はつくが、なんで彼女がいることを知っているんだと言われたら困る。萌が慎司の部屋の物音を盗み聞きしていたことがバレてしまう。

（い、言えない！　そんなこと……）

胸の前にバッグを抱えてぎゅっと抱きしめていると、慎司は身を屈めて萌の顔を覗き込んできた。

「俺、萌ちゃんに避けられて、結構ショックだったんだけど」

「……ご飯が食べられなくて不便になったからですか？」

「そういうことじゃないよ」

慎司の顔がふっと緩む。それを見て、自分の胸がきゅんと鳴るのがわかった。正直この一週間、彼のことを見られないことはとても寂しかった。

でも、今はその感情に向き合っちゃいけない。

「萌ちゃんは、そんな風に思ってたの？　俺は別に、ご飯を作ってくれるからってだけで萌ちゃんに会ってたわけじゃないよ」

「……そういうこと言うの、よくないと思いますけど」

下を向いてぽつりと吐く。

彼女がいるくせに、何を考えているのかわからない。

二股なんてイヤだ。ちゃんと聞かなきゃ。彼女いるんですよねって。

ぐるぐると思考を巡らせ、ようやく決心して顔を上げようとした瞬間。

慎司は我慢しきれないといった表情で、萌の顔の横にドンと手を置いた。いきなりの強引な行動と至近距離の慎司に、萌はあたふたしつつ顔を上げる。

「な、なに……？」

「この前気づいたんだけど……俺の部屋と萌ちゃんの部屋の間のこの壁、異様に薄くない？」

「はっ？」

このタイミングでいきなり何を言い出すのだろうと、目が点になる。

「あの、いきなりなんですか？」

「この前、萌ちゃんに頼まれてＤＶＤプレーヤーの配線をしたよね？　その後部屋に帰ったら……試しにかけたＤＶＤの音が、聞こえてきたんだ。あれ、そんな大きな音でかけてたわけでもないのに」

慎司の部屋から物音が聞こえて、彼が慌てて帰った日のことだ。確かに突然帰ってしまった慎司に茫然となり、ＤＶＤはそのままかけっぱなしだった。彼も好きだと言っていたＤＶＤだっただけに、萌の部屋から漏れた音がなんなのかすぐわかったんだろう。

頭が真っ白になって、言い訳が浮かばない。

「き、気のせいじゃないですか？」

身体を強張らせながら、掠れた声で萌は言った。悪いことをしているわけでもないのに、視線が彷徨う。

「もしかして、俺の部屋の音……聞いてるの？　萌ちゃん」

「聞いてなんかいないです！」

即座にムキになって否定したが、それは逆に肯定しているようなものだ。真っ赤になって首をぶんぶんと振る萌を、慎司は目を細めながら見下ろした。

「聞きたくなくても、聞こえてくるか。俺が倒れた時の音が、聞こえるくらいだもんね……」

「あ、あれは、その……夜で、静かだったし……」

「本当にそう？」

慎司は何を言いたいのだろう。どうして自分が責められなきゃいけないんだろう。

壁の薄さがバレてしまった驚き、彼の部屋の音を聞いていたことがバレた恥ずかしさ、そしてなぜ彼に問い詰められなきゃいけないのかという怒り――。

いろんな感情がごちゃまぜになって、萌の目にはじんわりと涙が浮かんだ。それを見た慎司が、一瞬目を丸くしてそっと萌の頰に手を伸ばす。

「……なんで萌ちゃん、泣きそうになってるの？　俺、泣かせるつもりはなかったんだけど」

「だ、だって」

触れた手が、ゆっくりと萌の頰を撫でた。目尻に指を伸ばすと、溢れ出しそうになっている涙をぬぐった。温かい手の平に包まれると、この状況も忘れて少し気持ちが落ち着く感じがした。

恐る恐る慎司を見上げてみれば、そこに浮かぶ表情はひどく優しい。

「……もしかして萌ちゃんは、俺の事情を知ってるの？」

「……事情？」

事情とはなんだ。きょとんと彼を見つめ返し、そこでいつの間にかひどく距離が近づいていることにやっと気づいた。

まるでキスでもされそうな距離に、萌は慌てて自分の手を彼の胸に置いて軽く押した。しかし慎司はそれに構うことなく、さらに距離が近づく。

「萌ちゃん、一見のほほんとしてて癒し系なのに、本当はすごくしっかり者だもんね。そこがいいんだけど。俺の部屋にも入ったことあるんだし、気づかれても仕方ないか」

た。

「え、何を……」

言いかけて、もしかしてそれが彼に彼女がいることを指しているのではないかと気づいた。

彼女がいてもいいんだと、思っているんだろうか。

バカにしないでほしい。

「やだ、やだ……っ！」

壁に追いやられほとんど慎司に囲われているような身動きの取れない状態で、萌は腕を押して彼を拒絶しようとした。けれど、力の差は歴然としている。

「萌ちゃん」

掠れた低い声が耳元で名前を呼び、ぞくんと背中が震えた。

「……俺の部屋の音、聞いてたんだね」

「だから、違う！　聞いてな……っ」

顔を上げて否定をしようとしたら、すぐ目前に慎司の顔があった。言いたかった言葉は最後まで吐くことはできず、代わりに柔らかい唇が萌の唇を塞いでいた。

萌のファーストキスは、情けなくも飲み会の席の王様ゲームでノリで失ったものだった。二十歳も過ぎた専門学生で『ファーストキスはまだだからしたくない』なんてごねるのはカッコ悪い。しかもその相手が初対面の男子ではなく、一緒に来ていた女友達だったかならなお悪い。

「仕方ないなー！　ほら萌、チュー♪」

ノリで近づいてきた彼女を拒否することもできず、ぎゅっと目を瞑るとあっという間に唇に柔らかい物が触れた。

茫然とする萌を余所に周囲からワッと笑い声が起き、応えなきゃと思いつつ曖昧な笑みを浮かべる。

「じゃー次！　もう一回くじ引いてー」

何事もなかったようにサクサクとゲームは進んでいき、落ち込む暇すらなかった。

ずっと大事にしてきたファーストキスなのに――。

人知れず落ち込み、結局それから合コンと名のつくものはことごとく断るようにした。そもそも門限のある萌は合コン要員としてはそれほど重宝されず、あっという間に誘われることもなくなったけれど。

あれをファーストキスと呼んでいいのかはわからないけど、萌の唇に他人の唇が触れたのは、これで二度目だ。

一瞬で離れたあの時とは違って、柔らかい唇は長く萌の唇を塞いだままだ。ハッとして彼の胸を押そうとしたら、壁に置かれていた手が萌の背中に回ってぎゅっと抱きしめられた。

「んんっ!!」

口を塞がれたまま抗議の声を上げると、慎司の唇が僅かに離れた。しかしまたすぐに、優しく触れてくる。シチュエーションはかなり強引なのに、萌の背中を撫でる手や、萌の唇を挟むように口付ける仕草が優しげで、頭が混乱する。

「萌ちゃん」

無意識にぎゅっと目と瞑っていたようだ。呼ばれてそっと瞼を開くと、慎司の目が優しく萌を見つめていた。こんな風に見つめられたことなど人生の中で一度もなくて、頬がどんどん熱くなっていく。

そして、彼に見つめられてハッキリわかってしまった。自分が、この状況をちっともイヤがっていないことを。

「やだ……」

それでもなけなしの理性でそうつぶやくと、萌はぶんぶんと首を振った。

「萌ちゃん、俺のこと嫌い？」

そういう質問はずるい。応えられずにきゅっと下唇を噛みしめると、慎司は紅い舌をちろりと覗かせて唇を舐めた。

「ふっ……」

大きな手が萌の頬に触れ、するりと顔の輪郭を撫でる。その指がつつっと首筋をなぞり、萌はぴくっと身体を震わせた。

「可愛い、萌ちゃん。すごく。会えない間が寂しかったから、なんか止まらなそう」

甘い声が、すぐ傍から聞こえてくる。

そんなのお世辞だ。きっと彼女にも言ってるに違いない。だから、止めてくださいって言わなきゃ――。

そう思っても、身体はすぐ後ろの壁に縫い付けられてしまったかのように、動かない。

「う……み、三浦さん……」

小さく口を開き名前を呼ぶと、萌の唇を舐めていた舌が隙間からちろりと入ってきた。

「!!」

驚く間もなく、舌が歯列を舐めてくる。唇は深く重なり、萌は入ってきた舌を噛むわけにもいかずに強張ったまま慎司を受け入れていた。

外国映画でよく見かける、官能的なディープキスのシーンが頭に浮かんだ。それを自分がしているなんて信じられない。実際、萌は何もできずに慎司になすがままにされているだけだ。

一瞬慎司の舌が抜け出た隙にきゅっと唇を閉じると、萌の首のあたりを撫でていた手が顎に添えられた。そして親指で顎を下げられ、口を開くようにとジェスチャーで指示される。

流されちゃいけない。そう思って弱々しく首を振ると、また名前を呼ばれる。

「萌ちゃん」

恐る恐る彼と視線を合わせてみれば、びっくりするほど穏やかな瞳でこちらを見つめている。

「萌ちゃん、こういうの初めて？」

「こ、こういうのって……ひゃっ」

答えてる間に、萌の首筋に慎司の顔が寄せられたかと思うと唇が触れた。熱い吐息が直接肌にかかり、身体が跳ねあがる。

「かわいー反応……やばいな」

くすくす笑う声すら、なんだかむずがゆくて仕方ない。

「み、三浦さんってば……」

必死で彼の胸を押すと、その手を片手でかすめ取られて頭上に押し付けられた。ますます身動きが取れなくなって、萌の目に涙が浮かぶ。

言わなきゃ。このままじゃ、ただの都合のいい女でしかない。ご飯も作って食べさせて、さらに身体まで——。

「や、三浦さん！」

「慎司」

「え？」

「名前で呼んで」

萌は目を見開いた。

「そ、そんなこと言ってる場合じゃなくて！」

「呼んでくれなきゃやめないよ」

口調がややキツくなったかと思うと、慎司は萌の首筋に舌をあててぺろりと舐め上げた。

途端に、身体がふにゃりとして力が入らなくなる。

「あ……」

無意識に出た声は、自分のものと思えないほどひどく甘い。その声を聞いた慎司は、さらに激しく萌の首筋に吸い付いた。

「あ、あ、だ、ダメッ」

経験したことのない感覚に、口調とは裏腹に身体に力が入らない。自然と息が上がって、壁に触れていた身体がずずっと少しだけ下がった。

慎司は萌の様子ににんまりと口角を上げげつつ、そのまま首筋から鎖骨にかけてを舌でゆっくりとたどり始めた。声を出さないようにと唇を引き締めたが、喉の奥から漏れる声を隠すことができない。

「あ、んっん」

「かっわいー……」

経験がないことを、バカにされているのか。それとも、からかわれているのか。

泣きたくなりながら、萌は必死に口を開いた。

「みう……ら、さん！　なんでっ、こんな……」

「ほら、ちゃんと名前呼んでくれなきゃやめないよ」

萌の手を押さえつけていない方の手が、するっと服の上から萌の胸に触れた。着替えの時や下着を替える時に無意識に触れるのと、全然違う。輪郭を確かめるように少し動いただけで、身体の芯に電気が走ったような感覚がした。

「や、あ……」

イヤだと言っているのは言葉だけで、その声には艶が混じりだす。慎司の手がゆっくりと胸を撫で回し、萌はぞくぞくと背中を駆け抜ける感覚に囚われていた。

「ほら、名前。呼んで？」

耳元で慎司が囁く。熱に浮かされたみたいに、思考も身体も自由にならない。萌は小さく口を開くと、促されるがままに名前を呼んだ。

「し……慎司、さん」

「ふっ……いいね、めちゃめちゃいいや」

名前を呼んだら止めるといったくせに、その反対で彼の動きに激しさが増した。慎司の唇からちろりと舌が覗き、萌の耳を舐め回し始める。

「ひゃ、あぁぁ……ん、あ」

初めての感覚に、声を耐えられない。首を仰け反らせて声を上げると、慎司はなお激しく耳に舌を這わせた。

「や、どうして……こんなっ」

面白半分で手を出しているのなら、ここでもうやめてほしい。そうじゃないと、これからの関係を期待してしまう。

涙を浮かべながら慎司を見つめると、慎司は熱を宿した瞳で萌を見つめ返してきた。

「好きな子がいて……どうやら自分が初めてっぽくて、そんな可愛い顔されたら誰だってたまらなくなるじゃん」

質問をしたのは萌だったか、頭の中がぼんやりとしていて彼が言っていることが頭に入っていかない。

好きな子、と言われた気がした。そんなはずはない。

「か、か、かのじょ……」

「彼女?」

言わなきゃ、ちゃんと。そう思ってようやく口にしたのに、慎司は不思議そうな顔をするばかりだ。

「彼女、いる……っ、って」

「彼女？　なんの話？」

とぼけられても、それに騙されちゃいけない。キスを避けるために上を向いて必死に首を振ってみれば、慎司はそこに唇をつけてくる。

「あっ、あ……や、んっ」

「可愛い声。萌ちゃんの声……きっと俺の部屋でも聞こえるね」

言われて、慌てて口をつぐむ。にやりと笑った慎司は、そのまま首をたどって胸の方へと降りてきた。服も下着もつけているのにその上から舌を這わされ、薄いブラウスが唾液で濡れる。

「ん、や……」

段々と力が入らなくなってくる。彼の指がプップッとブラウスのボタンをはずし始め、胸元がスースーしたところでハッと我に返った。

「う、やぁっ！　ダメ……」

いくらお隣さん同士だからといって、こんな事態は想像したこともなかった。心も身体も、全然準備できてない。ちらりと見下ろした服の隙間から見えた下着がお気に入りのものだったことはわかったが、そんなことにホッとしてる場合じゃない。

じたばたと動く萌をものともせず、慎司は器用に萌のブラウスのボタンを片手で全てはずし終えた。そして、そのままキャミソールをたくし上げる。

「う、やぁぁ……っ」

「イヤ?」

イヤに決まっている。それなのに、イヤとはっきり告げて彼がやめてしまったらどうしよう、なんて浅ましいことを考えてる。どうにも答えることができずにじっと動きを止めたままでいると、慎司はすりっと萌の胸へと顔を寄せた。

「じゃあ質問変えよう。萌ちゃん、俺のこと好き?」

「す……き!?」

いきなり何を聞いてくるのだろう。

「な、なんで!?」

「何か迷ってるみたいだけど、とにかく俺のこと好きかどうかを知りたいなーと思って」

話しながら、半分だけ露わになった萌の胸に熱い息を吹きかける。それに反応して身体を震わせてしまうと、慎司は下着のレースを唇で挟んで僅かにずらした。隙間から、ぴんと立ち上がった胸の頂《いただき》が覗く。

「ねえ、萌ちゃん」

開いた口から舌が見えたかと思うと、それは頂へと伸びた。くるんと周囲を撫でるように舌が回り、ちろりと先を舐める。

「んっ……や、あ……」

「綺麗。ピンク色で、かわいー」

胸にふっと息がかかる。控えめに触れられていたのはほんの数回で、次第に慎司の舌が大胆に動き始めた。舌先を堅く尖らせてツンツンと突かれたかと思うと、今度は全体を使って舐められる。萌の手を押さえていた手がはずれ、反対側の胸を大きく揉みしだかれる。

拘束された手がほどけたというのに、ろくに抵抗することができない。かくんと垂れた手は慎司の肩にかかり、力なく彼のシャツを握った。

「あ、あっ、ああン」

慎司は胸の頂に吸い付くと同時に、反対側の胸をきゅっと指で摘まんだ。両胸を同時に刺激され、萌は背中をびくんと反らせた。

弄られているのは胸なのに、別の場所がどんどん熱くなってくる。経験はなくてもどんな状態になっているかは想像がつく。無意識に足を動かしてみれば何かがとろりと溢れた感触さえして、恥ずかしくてたまらなくなった。

「ふぁ……や、ん、あ、あぁ」

柔らかく、特に強弱をつけて胸への愛撫が繰り返される。ふと見下ろしてみれば下着はすっかりずらされ、彼の手の中で萌の白い胸が形を変える。少し日に焼けた彼の指が胸に食い込んで、その光景に頭がクラクラとしてきた。

「萌ちゃんの胸、白くて柔らかくて……気持ちいい」

うっとりつぶやいたかと思うと、慎司が胸元に顔を寄せて唇をつけた。そのままちゅうっと軽く吸われ、乳房にチクンと僅かな刺激が走る。

「ひゃっ……あ……」

唇がゆっくりと離れると、そこには朱《あか》く充血した痕《あと》がついている。

「キスマーク、簡単につい ちゃうね」

そう言うと同じ行為を何度か繰り返し、萌の白い胸にはほんの数センチの痕が散らばっていく。

「も……やぁ……ッ」

壁に背をつけたまま、萌は熱い息を吐いた。

頭がぼーっとして、熱くてたまらない。もっと触れてほしい場所は別にあって、でもそれを強請《ねだ》るわけにもいかずに身体がおかしくなりそうだった。

ブラウスのボタンははずされキャミソールはめくれ上がり、いつの間にか下着のホックもはずされている。かなり欲情的な姿になっていることもわからずはあはあと息を荒くしていると、ごくんと喉を上下させた慎司の手がシャツの中に潜り込み、わき腹を撫でた。

「ひゃ、あ」

くすぐったさと気持ちよさがない交ぜになって、身体が跳ねる。その動きを押さえつけるように、慎司が萌の身体に重なり壁へと押し付けられていた。

体重がかかっているわけじゃないから、重くはない。けれど、慎司の身体をこんなに近くに感じて息が詰まりそうだった。

隣人になって挨拶に行った時、慎司が着替えの途中だったらしく素肌にシャツを羽織っただけの姿で出てきたことがある。その時に引き締まった身体を見てはいたが、今こうやって衣服越しとはいえ彼の身体を直に感じて、想像していたよりもずっと筋肉質で堅いことに驚いた。

（これが、男の人の身体なんだぁ……）

自分の身体とは、全然違う。

慎司はそのまま手を下に滑らせると、足の付け根へと伸ばした。スカートをめくりながら太ももをするりと撫でられ、萌はハッとして足を閉じようとした。

「残念、萌ちゃん。もう遅いよ……」

「え、あ」

言われて初めて、壁に押し付けられた時に彼の足が萌の太腿を割り開くように真ん中にあてられていることに気づいた。

「や、だめっ、三浦さ……」

「名前」

そう言いながら、慎司の手は太もものさらに上を撫で始める。

「だ、ダメ、し、慎司さぁん……」

誰も触れたことのない場所だ。さらに、彼に身体をたくさん愛撫されて熱くなったそこが、どんな状態になっているのか想像もつかない。ぶんぶんと首を振って拒絶の意志を表しても、慎司の動きは止まらなかった。

「萌ちゃん……かわいい」

そう言いながら、唇に柔らかい物が触れる。息を吐くために開いていた口の隙間から、温かくぬるついた舌が入ってきた。

「ん、ふぁ、んっ……ん！」

経験がないくせに生意気かもしれないけど、これがきっとキスが上手いってことじゃないだろうか。蕩《とろ》けそうで気持ちがよくて、力がどんどん抜けていく。

自分の置かれた状況も忘れて夢中で彼の舌に応えていると、慎司の指がさわりと下着の上から萌の秘めたる場所をなぞった。刹那、身体に電気が走ったように震えが走る。

「え、やっ！」

思わずキスを止めて唇を離そうとしたが、逆に慎司は深く舌に吸い付いてきた。

「ん、ん――――ッ！」

もがいているうちに、慎司の指はさらに上下して萌の敏感な場所を摩る。経験したことのない感覚に戸惑ったのは最初だけで、あっという間に彼が与えてくる刺激は快感に繋がってしまった。

ただ指を上下に動かしているだけなのに、どうして震えるほど気持ちがいいのか。

そして、その動きはなんて官能的なんだろう。

萌の抵抗が弱まったのを察知して、慎司が唇を離した。二人の唇に、唾液が糸を引く。

「ふぁ……あ、あ、あぁ」

「萌ちゃん、めっちゃ可愛い……」

可愛いと好きは全然違う。

それでも、何度も何度も『可愛い』と囁かれると、その気になって嬉しくなってしまう。

「や……慎司、さぁんっ」

片手で腕にしがみついてシャツを握ると、慎司は嬉しそうに萌に軽くキスを落とす。

「もっと、中に入っていい?」

「な、か……?」

ぼーっと潤んだ目で彼を見つめ返していると、慎司の指がショーツの脇に入ってきた。

「う、や、だめ」

拒絶しているのは、もはや言葉だけだ。慎司も当然手を止めることなく、ショーツを下にずらした。そして、ゆっくりと指を萌の秘部へと移動する。彼の指が萌のひだを割り開くと、すでに溢れていた蜜がとろりと流れ出た。

「濡れてるね……すごい」

わかっていても、言葉で言われるとこんなに恥ずかしいことはない。ぎゅっと目を瞑って無言で首を小刻みに振る。

「あー……熱いね、めちゃめちゃ……どうしよ。これ俺、止まんないや」

慎司は萌の耳元でそう囁くと、指を動かし始めた。蜜を絡めるように入口をなぞられ、足の付け根からはちゅくちゅくと水音がする。

「や、あぁっ」

ひだを割り開き、その周りを蜜にまみれた指がぐるりとなぞる。足を閉じようにも彼の脚が差し込まれているせいでできず、それどころかさらに横にずらされて段々と足を広げられてしまう。

「ほら、もっと開いた方が気持ちいいから」

「そんな、や、恥ずかしいから……」

涙目で訴えても、もはや逆効果だ。息を荒くした慎司は、たっぷりと蜜をまとわせた指をゆっくりと萌の中へと沈み込ませていった。

「え？　あ、あああぁっ」

ぼんやりと気持ちよさに身を委ねていた萌は、ハッと身体を固くした。

「な、中……だ、ダメっ」

「ゆっくり、息を吐いて。大丈夫、もっと気持ちいいから」

「そんな、無理ぃ……」

自分の中に何かが入ってくる感覚が怖くて、必死で身体に力を入れる。そのせいで慎司の指も押し戻されるようにきゅうっと締め付けられたが、逆に彼はうっとりと目を細めた。

「いい子だから、ね……萌ちゃん」

そして、ぺろりと萌の耳縁を舐める。

「ひゃ、あ……っ」

さらに耳穴に舌をねじこまれ、萌はぞくぞくとこみ上げる快感に息を深く吐いた。

「そう、俺にもっとさせて」

力の抜けていく身体を支えるためか、慎司は萌の背中に手を回して片手で強く抱きしめた。同時に、指がさらに奥へと入ってくる。

「あ、ああ……う、あッ」

最初に入れられた時はキツイと思ったはずなのに、何度か出し入れをするうちにそのキツさが和らいでいく。指に押し出されるようにして蜜はさらに溢れ、太腿をつたう。

「や、あ……ん、んんっ」

一度全て指が引き抜かれたかと思うと、今度は本数を増やしてまた埋められた。そして先ほどと同じく、最初は圧迫感があってもゆるゆると動かされるうちに身体が慣れていく。

「ふぁ……あ、ああ、んっ、あ、ああ……っ！」

さらに、ひどく身体が反応してしまう箇所があるのが分かった。直に萌の中に触れている慎司にそれが悟られずに済むわけもなく、口をニンマリと歪めた慎司が指を探るように動かした。

「どこ？　萌ちゃんのいいとこ」

「あ、や、ああ……ンンッ！」

経験のない萌に隠せるわけもなく、そこをあっという間に探り当てられてしまった。優しく、けれど執拗にそこを指の腹でなぞられて、萌は甘い声を上げながらびくびくと身体を震わせた。

「ど、して……ああっ、あん！」

「ここが、萌ちゃんのいいところだからだよ。……あー、すっげ、締め付けられる……」

慎司が萌の肩に顔を押し付け、はーっと深く息を吐いた。

「慎司、さん？」

その様子が不安になって声をかけると、顔を上げた慎司がちらりと横目で萌を見つめた。その目つきに、釘づけになる。

「すごく熱くて、指が溶けそう。萌ちゃんの中」

——こんなにセクシーな顔をする男の人を、初めて見た。

「……ッ……今、中がすごい締まったよ。何考えてた？　萌ちゃん」

「な、にも……っ、あ、ああ！」

突如、慎司の指の動きが速まった。同時に、親指が入口の上の蕾に触れる。

「ああ、そこ、だめええ！」

一番敏感な蕾に触れられて、一気に快感が高まる。ぐりぐりと蜜を塗りたくるように動かされ、萌は嬌声を上げながら腿をびくびくと震わせた。

「や、んんっ！　あぁ、あ……ッ、なんか、変になる……！」

ぎゅうっと慎司の腕を痛いくらい握りながら、萌は激しく首を振った。何かが身体の中からこみ上げてくるのがわかって、それが何かは経験したことがなくてもうっすら想像もつく。けれど、未知なる感覚は怖い。

「あああああ……っ、や、や、やぁ」

首を大きく反らせると、慎司はそこに唇をつけて強く吸い上げた。

「いいよ、萌ちゃん。そのまま……イッて。俺の指で」

「ふぇ、ああ……」

萌の内部が、切ないくらいに慎司の指を締め付けた。それに抗うように激しく指が出入りを繰り返し、萌の内部を擦る。

「ほら」

ぎゅっと親指が萌の蕾を押し、それと同時に二本の指が萌の奥に突き立てられ——

萌の中で、一気に快感がはじけた。

「あ、あああぁぁ……、や、イくぅ……っ！」

萌は慎司の腕にしがみつきながら、初めての絶頂に達していた。きゅうきゅうと締め付ける膣壁を感じながら、慎司は嬉しそうにじっと萌の中に指を埋めたままでいる。

「萌ちゃん……かわいい」

そして萌の身体が弛緩していくと同時に胎内から指をゆっくりと引き抜き、蜜で濡れた指を口にあててぺろりと舐めた。


くたりと力が抜けてしまった身体は、もはや一人で立つことさえできなかった。

「うわ」

壁に背を預けてズルズルと落ちていく萌を、慎司が慌てて支える。

「大丈夫？　萌ちゃん」

「大丈夫、なわけ……ない……っ」

「うんうん、ごめんね」

怒って睨み付けてみても、慎司は平然としている。逆にどこか嬉しそうに眉を下げたま
ま、萌の頬にちゅっと軽くキスをした。

なんなんだ、この人は。

(もしかして、根っからの女たらしとか……)

そんなモヤモヤした気持ちでいると、いきなり萌の身体が宙にふわりと浮いた。

「わっ……きゃ!」

「こら、ジタバタ動かないの」

何かと思えば、慎司に軽々とお姫様抱っこをされている。初めての経験に、さーっと顔
から血の気が引いた。

「やっ! 重い! 重いですから、下ろして!」

「重くないって、全然」

「そんなわけないー!」

萌は小柄なわけでも細いわけでもなく、女子としてはごくごく平均的な身長と体重だ。

重くないわけがない。下ろしてもらおうと必死に身体をよじっていると、慎司がぐっと眉
をしかめた。

「重くないのに、そうやって動き回ったら重く感じるよ」

「う……」

そう言われてしまったら、じっとしているしかないじゃないか。

同じ間取りな上に、一度は入ったことのある部屋だ。慎司は萌を抱いたまま迷うことなくスタスタと部屋に入ると、萌をそっと小さなソファの上に下ろした。

服がひどく乱れていることに気づき、慌てて起き上がってブラウスの前を引き寄せる。

「なんで隠しちゃうの？」

「だ、だって」

慎司はソファの足元に座ったかと思うと、萌の太腿の上にこてんと頭を乗せた。黒い髪がさらりと萌の足にかかる。

「どうしたんですか？」

「……色々と、耐えてる最中」

意味がわからずきょとんとしていると、慎司はくるりと首を捻って萌の顔を見上げた。

いつもは見上げている慎司を見下ろすシチュエーションは、なかなかいい。にやけそうになるのを我慢していると、慎司が甘えるような口ぶりで言った。

「お腹すいたなー。萌ちゃんの手料理が食べたい」

「う、結局それですか……」

これって、慎司を料理で釣ったことになるんだろうか。

「そういうわけじゃないけど……ここでちょっと気分転換しないと、暴走しちゃいそうだから」

どういう意味だと突っ込んで聞くのもなんだか怖い。服装の乱れを直しつつ立ち上がろうとすると、身体がふらりとして慌ててソファに座り直した。

「大丈夫?」

さっきまでしていたことも忘れさせるような爽やかな笑みに、萌だけが顔を赤くする。

(暴走、したっていいのに)

そんなことを考えてる自分は、おかしいだろうか。

とりあえず、下着を直してブラウスのボタンを留めながら、萌はふと慎司の部屋の冷蔵庫に入れっぱなしになっている食材のことを思い出した。

「あの……会社の皆さんから色々食材もらってきて、それのいくつかを三浦さんのお家の冷蔵庫に入れてもらったの覚えてます?」

「そりゃ覚えてるよ。料理はしないけど飲み物は入れてあるから、冷蔵庫開けるたびに罪悪感みたいのは感じてるし」

「じゃあ、今日はその中から何か作りましょうか。賞味期限、まだ大丈夫だと思うんですけど」

気持ちを落ち着けると同時に、熱く潤んだ秘部をとにかく拭き取りたかった。そのためには、ひとまず慎司にこの部屋から退散してほしい。

「そうなの？　じゃあちょっと俺の部屋行って中見てくるわ」

それが伝わったわけではないだろうが、慎司はあっさり立ち上がって萌の髪をくしゃりと撫でると、すぐに部屋を出ていってしまった。

急に一人になり、慎司の手の感触を頭に感じながらぼんやりと視線を落とす。すると少しだけだが皺になったスカートが目に飛び込んできて、途端に先ほどまで慎司にされていたことが一気に蘇ってきた。

慌ててティッシュを引き寄せ、足の付け根をぬぐう。早い段階で引き下ろされたからか、ショーツはほとんど濡れていなくてほっとする。

（よく考えたら……付き合ってもいないのに、突っ走っちゃって……）

でも、どんなに誤魔化そうとしても萌が彼が好きなことには変わりない。だったらこのまま突っ走っても問題ないんじゃ――と思ってから、ようやく『彼女』の存在を思い出した。

いくら彼の温もりを感じられたからといって、お花畑な自分の脳内がイヤになる。うやむやのままになんてしておけない。それならどうしたらいいんだろうと考え始めた時、ふと隣の部屋から話し声が聞こえてきた。

電話だろうかと気になって、そろそろと壁に近づき耳をあてる。隣の生活音を聞いてることはほとんど慎司にもバレたんだから、いいじゃないかと言い訳をしながら。

何を話しているのだろうと息をひそめていると、なんだか楽しそうな声が聞こえてきた。

『こら、アイカ』

それは、今までに何度も聞いた女性の名前だ。

先ほどまで萌に手を出していたくせに、この期に及んで女に電話なんて——。

(もう我慢できない！　はっきりさせなきゃ、これ以上進めない！)

自分はまだ彼女ではない。可愛いとは何度も言われたけれど、好きだとも付き合ってとも言われてない。けど——今なら彼の部屋に乗り込んでいく資格があるように思えた。

まさか本人がいるわけはないから、電話でもしているのだろう。誰としているのかと、それは彼女なのかとハッキリ聞いてやろう。

萌はブラウスのボタンをきっちり上まで全部閉めると、小走りで玄関へと向かった。

チャイムなんて押す気は、さらさらなかった。予想通り鍵はかかっておらず、ドアノブに手をかけると扉はあっさりと開いた。静かに中に身体を滑り込ませると、当然のように隣で聞いていた時よりハッキリと慎司の声が聞こえる。

どうやら、居間で話をしているようだ。そっと靴を脱ぎ、足音を立てないように廊下を歩く。

「くすぐったいなー。もう少し待っててくれるか？　そしたら……」

どういうことだ。

萌の頭に一気に血が上った。居間に続くドアに手をかけたかと思うと、一気に外側へと開いた。

「慎司さんっ!!」

「え」

ドアに背を向けていた慎司が、萌の声を聞いてぎょっとしたように振り返った。なんて言ってやろう。そう身構えていた萌は——

「えっ!? な、ふええええええっ!!」

奇声とともに一歩後ろに下がった。なぜなら——

慎司の右腕には、一メートル以上はあるかと思われる大きな蛇がまとわりついていたのだった。

第九章　お隣さんのヒミツの趣味

「え、な、な、なに!?」

あまりの衝撃に、へなへなとその場に座り込む。全く予想もしていなかった事態だ。

慎司はかなりバツの悪そうな表情を浮かべ、首を傾げて萌に尋ねた。

「ダメじゃん、萌ちゃん。勝手に部屋に入ってきたら」

「そ、そうですけど！　で、でも」

いきなり部屋に踏み込んできた萌に驚いたのか、慎司の腕に巻き付いていた蛇はこちらを威嚇するように首を高く持ち上げている。

（首……って、あそこって首って言うのかな）

そんなくだらないことを考えながら、呆けたようにカーキ色の蛇を見つめる。こんな大きな蛇は、動物園でしか見たことがない。

慎司は心底愛おしそうに蛇の頭を数度撫でると、ゆっくりと大きなケージの中へと蛇を戻した。その光景を見つめていた萌は、ハッとして慎司の部屋を見渡す。

「わ……」

彼が倒れてこの部屋に踏み込んだ時には、かろうじて月の光が差し込むくらいの明るさしかなかったために全く気付かなかった。水槽のようなものがたくさんあるなあとは思っていたけれど、それらに入っているのは爬虫類のようだった。

萌が順々に目で水槽やケージを追っているのを、慎司は少し決まり悪そうに見つめている。

「これ、全部……慎司さんのペット、ですか?」

「あーうん。俺、爬虫類に目がなくてさ」

さすがに近づくだけの勇気はなく、萌はその場からマジマジと部屋を見渡した。一番大きなものは、先ほどまで慎司がうっとりと腕に絡ませていた蛇のようだ。ケージの中で大きな蛇がとぐろを巻いている様子に、ここは動物園かと突っ込みを入れたくなる。

茫然と立ちすくんでいる萌に、慎司が気まずそうに声をかけてきた。

「萌ちゃんは一度この部屋に入ったこともあるし、もしかしてこの状況に気づいているのかもしれないって思ったりもしてたんだけど。その様子じゃあ……」

「き、気づいてないですよ！　言ったじゃないですか。あの時は夢中だったから、部屋の中なんて全然見てなかったたって」

　疑われていたなんて心外だ。しかし萌の怒りを、慎司は違ったものに受け止めてしまったようだ。

「ごめんね」

　その顔は、ひどく悲しそうに見えた。

「じゃあ、さっき慎司さんが言ってた『俺の事情』ってもしかして……」

「そう。こいつらのこと」

（なんだ、彼女がいるってことじゃなかったんだ……）

　一気に安堵がこみ上げて、萌は深く息を吐いた。その様子を、慎司がじっと見つめている。

「いくらペット可の物件だからって……さすがにすぐ隣に爬虫類がわんさかいるのかと思うと、引いただろ？」

「は？　え？」

「女の子ウケどころか、友達ウケもあんまよくないし。ペット可って言いながら、飼ってるのがこういうデカイ蛇だってわかった途端、契約取り消されて追い出されたこともあるんだ。犬や猫に比べたら匂いだって少ないし、鳴くことだってないのに。それに比べてこの大家さんは理解があるから、なんの問題もなく住み続けていられるけど」

慎司がもえぎ荘にこだわって長く住み続けている理由は、これだったのかと納得する。

「もうさ、離れられないんだよ。俺にとっては、こいつらを飼える場所が住み心地のいい場所」

先ほど警戒を見せていた蛇だが、ケージに入った後すっかり大人しくなったようだ。そのケージを覗き込みながら、慎司が優しく声をかける。

「もう脱走するなよ、アイカ」

「……アイカ?」

「そう。カーペットパイソンのアイカちゃん」

「アイカ、ちゃん……」

萌はがっくりと床に両手をつけた。慎司が倒れて、救急車で病院に運ばれていく時に一度。そして、彼の部屋から隣まで何度も漏れ聞こえていた名前の主が、この蛇だったとは。

拍子抜けしたのと同時に、心の底から安堵する。その感情の方が大きくて、彼が大きな蛇を手に巻き付けていた衝撃などほとんど消え去っていた。

慎司に騙されていたわけでも、遊ばれていたわけでもなかった。

それがわかって、なんだか泣きそうだった。

萌は笑いたいのか泣きたいのか自分でもよくわからずに、床に手をつけたままはーっと深く息を吐いた。

そんな萌の様子を、慎司は逆に心配そうに見守っている。

「ごめん。本当ごめん、隠してて」

「私、アイカちゃんのこと女の人だと思ってました。……病院に運ばれる時にも、慎司さんうわごとで呼んでたくらいだし」

「あー、コイツが一番付き合いが長いから、その分愛着もあって可愛いのは認めるよ」

アイカちゃんは、人間じゃなかったのか。

相変わらず脱力したままの萌に、慎司が不安そうに声をかけてきた。

「萌ちゃん、もしかして……爬虫類がキライで、腰抜けちゃった？」

「や、嫌いも何も……嫌うほど爬虫類に親しんだことがないんで」

「それでも見た目でダメな人とか、結構多いからさ。ついでにカミングアウトしちゃうと」

慎司はそう言いながらキッチンへ歩いていくと、シルバーの冷蔵庫をポンポンと叩いた。

「この前、俺が冷凍庫に食材は入れられないって断った理由」

「え？　それにも関係してるんですか？」

「うん。実は、こいつらの餌がここに入ってるから、萌ちゃんがイヤだろうなって思って
……」

慎司は冷凍庫を開けると、フリーザーパックに規則正しく入れられたものを取り出した。

「なんですか？　それ」

「これは冷凍マウス」

「え」

マジマジとフリーザーパックを凝視した後に、萌はヒッと声を上げた。

「ご、ごめんなさい……私、アイカちゃんたちよりもそっちの方がダメかも」

一度祖父の田舎で想像よりもはるかに大きい野生の鼠を見てから、鼠は大の苦手だった。某テーマパークのキャラクターなら大丈夫だけど、ハムスターでも厳しい。

「蛇の餌って、鼠なんですか？」

「うん。トカゲとかは、ミルワームっていう虫とかコオロギとか……」

即座に慎司が冷凍庫に閉まってくれたのを確認して、萌はほっと息を吐いた。

「そっか。確かにそれなら、冷凍庫はちょっと厳しいですよね。でもあの時に言ってくれたらよかったのに。理由を言ってくれないから、なんでだろうってずっと思ってて……」

「あー、だからなんか不機嫌だったんだね。そりゃあ話せたらよかったけど、それを話すなら、こいつらのことも話さなきゃいけないわけだし」

一番目立つのは『アイカちゃん』の入ったケージだが、その他にも小さいケージがいくつか並んでいる。

「蛇ばっかりですか？」

「いや、トカゲと半々かな」

指し示された水槽をそっと覗いてみたが、どこにも姿が見えない。目を凝らしてよく見ると、ようやく中に入れられた樹木に張り付いているトカゲの姿がわかった。

これじゃあ、あの深夜に彼の部屋に踏みこんだところでわかるはずもない。

「あれ、でも私がこの部屋に入った時って……アイカちゃんのケージに布がかけられてなかったでしたっけ？」

「あー、本当はあの日は動物病院に連れていく予定だったから……落ち着かせるために、前の日から布をかけてたんだ。そうじゃなくてもアイカはたまにケージの蓋を開けちゃうから、蓋の上には重石を乗せておかなきゃいけないんだけど」

「それじゃあ、ＤＶＤを繋いでもらった時に聞こえた音って」

「うん。アイカが蓋をこじ開けた音。あ、でも大丈夫だよ。蓋を開けて外に出ることはあっても、脱走したことは一度もないから」

「なーんだ、そっかあ……」

萌は脱力して再び床にぺたりと座り込むと、傍にある小さな水槽を覗いてみた。

中には驚いたことに、ピンク色の身体の小さな蛇が入っている。

「わ、この子……随分と綺麗ですね！」

そろりと首を持ち上げて萌の方を見たその小さな蛇は、綺麗な赤い目をしている。体長も、多分十センチ強くらいだ。

「かわいいだろ？　まだうちに来て日が浅いんだ」

「子供……ですか？」

「そう。コーンスネークのベビー。成長したら、一メートルは超えるよ。アルビノ種だから、そういう綺麗な色をしてるんだ」

「へえ……」

興味も機会もなかったから、こんな近くで蛇を見たことはない。首をもたげてこちらを見つめるきゅるんとしたビーズのような朱色の瞳は、素直にかわいいと思えた。

「かわいいですねー」

何気ない発言だったのに、慎司は心底驚いた表情で萌を見つめていた。

「かわいいって思ってくれるの？」

「え？　はい。こんな傍で見たのは初めてですけど、目がくりんとしてて、口もなんかあひる口っぽいっていうか……」

さすがにトカゲの方はただのトカゲにしか見えずそれほど愛着も感じないけれど、このピンクの小さな蛇はかわいい。

「この目、ビーズっていうか宝石みたい。私が持ってるピアスについてる、カーネリアンっていう宝石に似てます。名前はなんていうんですか？」

慎司を振り返ると、彼は驚いた顔をしている。

「名前は……まだ、決めてないんだ。知り合いからもらってきたものの、まだ飼うかどうかは決めかねてて」

「え、どうしてですか？　こんなに綺麗なのに」

「……さすがに、これ以上増やしたらマズイかなって。俺の気になる女の子が、受け入れてくれるかどうかもわからなかったし」

それはもしかして、萌のことを言っているのだろうか。一気ににやけそうになったが、それは次の瞬間冷めた。

「こいつらのことをそんな風に言ってくれたの、萌ちゃんが初めてだよ。大抵はもえぎ荘の外見の古さもこいつらも、受け入れてくれないから」

「へー……」

それだけ色んな女性を連れ込んでいるということか。

(だったら、ここに引越してきてすぐに聞こえた女の人の喘ぎ声ってなんだったんだろ。セフレとか……？)

それはそれで、かなりショックではある。

ぼんやりと目の前のピンクの蛇を眺めていると、後ろからどこか甘えたような慎司の声が聞こえた。

「……萌ちゃん。俺、お腹すいたな」

「あ、はい」

慎司は食材を取りにきただけだった。なんとなくこの部屋に名残惜しさを感じつつも、萌は立ち上がって食材を抱えた慎司とともに自分の部屋へと戻った。

食材をキッチンの調理スペースに置いた途端、すごい勢いで慎司に後ろから抱きすくめられていた。

「ちょっ……！　えぇ!?」

何が起こったのかわからないでいる萌の胸に、すぐさま慎司の手が伸びる。後ろから首に唇をつけ強く吸われ、身体は突然の刺激に仰け反った。

「やんっ！　し、慎司さん、お腹すいたって……っ！」

「うん。お腹すいた。さっきは途中でやめちゃったから……ちゃんと萌ちゃんのこと、全部食べたい」

直球なセリフに、かあっと顔が熱くなった。

「う、や、でもっ」

「もうやめない。やめたくない」

慎司は背中から萌の服を上にたくし上げたかと思うと、つるりとした背中を露わにした。そしてそこに素早く何度か唇をつけたかと思うと、舌でゆっくりと舐めている。

「ふぁっ……ん、あぁッ」

背中を刺激されるのが、こんなに気持ちがいいなんて知らなかった。萌は身体をびくびくと震わせながら、彼の唇の動きを受け止める。

萌の背中を舌で舐めながら、慎司は両腕を前に回した。下着の隙間から手が差し込まれ、性急な仕草で胸を包み揉みしだく。

「ちょ、ちょっと待った！」

自分の胸を揉む慎司の手を、ぎゅっと強く握った。

彼が名前を呼んでいたのは、彼女の名前じゃないことはわかった。でもそれなら、萌が引越してきてすぐに聞いたあの夜の情事の声はなんだったのだ。

萌の声色に何か違和感を感じとったのか、慎司の動きが止まった。

「萌ちゃん？　どうしたの？」

「どうしたのじゃ、ないです。慎司さん、彼女は……」

「いないよ、彼女。いるなんて一言も言ったことないよね」

「それじゃあ……あの日は？」

「あの日？」

慎司に拘束されたままの身体をぐるりと捻って、萌は壁にかけてあったカレンダーを確認した。引越してきたのは月頭で、それから数日後の金曜日だった。目星をつけて日付を告げたが、慎司はきょとんとした様子でカレンダーを見ている。

「その頃って、俺かなり仕事がキツくて家に帰るのもままならない時期だったと思うけど。あれ、外で会った時にそう言わなかったっけ？　ほら、商店街でもらった野菜セットをあげた時」

確かに偶然外で会った時に、そんなことを言われたような気がする。

「言われてみれば……すごくお疲れの様子でしたよね」

「だよね。なんかあったの？」

嘘をついているようには、全く見えない。まさか幽霊の仕業かもなどという非現実的な心配よりは、慎司の家で本当に何があったのだろうと不審に思う気持ちが強かった。もしかして、慎司のさらに隣の部屋から聞こえてきたのだろうか。

「慎司さんの反対隣って……同じように壁が薄いですか？」

「あ、それ。思ったんだけど、多分この壁だけだと思う。欠陥とかの可能性もあるかも。反対側のお隣さんの音は、そんなに聞こえてこないんだよ」

「ええっ！」

衝撃の事実に、萌は後ろを振り返った。

「もしかしてこの部屋が二間続きだったのを後から区切ったとか、そういう理由もあるのかもね。萌ちゃんの前に住んでた人はアトリエ代わりに使用してたみたいで、夜はほとんどいないから壁の薄さにも気づかなかったんだよ」

「そうなんですか……」

慎司の手を握ったまま茫然としていると、「あ」と背後の彼が何かを思い出したかのような声を出した。

「その日……弟に部屋貸した日だわ。終電逃したけど自分のアパートまではタクシー代もたないから、俺の部屋使わせてくれって」

「え？　お、弟？」

「うん。何かあった時のために、お互いの部屋の鍵は持ってるんだ。俺は使ったことないけど。弟が、何かした？」

身体から力が抜けて、萌はキッチンのシンクに手をついた。

「弟……」

色々悩んでいたのが、なんだかバカみたいだ。

「弟さん……女の人と一緒で、その……夜中に」

「セックス、してた？」

耳元で掠れた声に囁かれ、身体の奥がびくんと震えた。押さえつけていた手が、再びもぞもぞと動きだす。

「そっか。それで萌ちゃんは、俺に彼女がいるって勘違いしてたんだね」

慎司の手は素早く胸の頂を見つけると、指先で捏ね始めた。

「んっ……はぁ、や……っ」

「ごめんね。俺、誤解させるようなことばっかりしてたんだ。そんなつもり、全然なかったんだけど」

口では謝っているものの、手は止むことなく動き始める。ちゃんと謝ってと言うのも違う気がして、ただただ萌は身体をよじる。

「や……そ、んな」

「萌ちゃん、それで俺のこと避けてたんだ。あー、本当ごめん。でもかわいすぎる」

言ってることが支離滅裂だ。慎司は胸を激しく揉みながら、後ろからうなじにちゅっちゅっと何度も唇をつけた。

「ねえ、萌ちゃん。隣のそれ聞いて、興奮した？」

慎司の舌が、ぺろりと萌の耳の縁を舐めた。ぞくぞくと背筋が粟立ち、萌は自分の身体を支えるために胸から手を離すとシンクに手をついた。

「しっ……してない！」

「本当？」

そう言いながら、慎司の舌は萌の耳を舐め回している。

先ほどまで彼に思う存分弄られていた身体には、あっという間に官能の火がついてしまう。

どうしてこんなに気持ちがいいのだろう。彼の舌が這うたびに淫らな声が喉から漏れ、そして身体の奥がじんじんと熱くなってくる。

膝から崩れ落ちそうになるのを必死に耐えながら、萌は口を開いた。

「だって……か、彼女いるんだって、落ち込んじゃったから……」

「そっか。気づけなくて本当ごめんね。あー、弟に部屋なんか貸すんじゃなかったな……」

慎司がぎゅっと萌の身体を抱きしめた。後ろから包まれるように抱きすくめられ、萌の身体に安堵が広がっていく。

「萌ちゃん」

耳元で慎司が囁く。

「本当よかった。それで嫌われたり離れられたら、弁解しようもなかった」

言われてみて、本当その通りだと思った。彼女がいると勘違いしても、結局慎司に距離を置くことはできなかった。それは、ただ単に彼がお隣さんだからというだけじゃない気がする。

萌を抱きしめる手に自分の手を重ね、ぎゅっと握る。その手に、慎司が指を絡めて握り返してきた。

「……いい？」

こくんと頷くと、再び慎司は萌の首筋に唇をつけた。

慎司は後ろから器用にブラウスのボタンをどんどんはずしていく。ブラウスの前がはだけ中途半端に服が乱れたかと思うと、さっと後ろに回った手が下着のホックをはずした。

途端に胸のあたりに解放感が溢れ、萌の胸がふるんと揺れる。

「……ここの壁がこんなに薄いなんて、全然気づいてなかったからな。萌ちゃんは、いつから気づいてた？」

まさか引越し当日からなんて告白するのも恥ずかしくて、萌はぶるぶると首を横に振る。その振動で胸が揺れ、慎司は下からすくいあげるように胸を包み込んだ。

「言えないの？」

「うっ……は、やぁ」

慎司の指先が、胸の先をきゅっと摘まむ。責められてるように感じられて、萌は一層背中をしならせた。

「わ、わかん、ないっ」

彼の部屋の音を聞いて勝手に親近感を抱いて、一人の寂しさを慰められていたなんて、恥ずかしくて言えない。

「恥ずかしくなんか、ないのに」

見透かしたように言ってから、慎司はボタンをはずしたブラウスの背中を大きくまくり上げた。ちゅっちゅっと音を立てながら背中を唇と舌でなぞられ、もどかしさが募る。

「萌ちゃん」

慎司の手は萌のスカートのファスナーを降ろしたかと思うと、そのまま床にすとんとスカートを落とした。下着姿になった尻を、優しく撫でる。

「う、あっ」

下着の上から何度も尻を撫でていたが、脇からするりと手が差し込まれた。そして、茂みの奥の萌の秘めたる場所に、軽く指が触れる。じんじんと熱くなっているそこは、間違いなくもうかなり潤んでいるだろう。もじもじと動きながら足を閉じようとしても、それを阻止するかのように慎司の太腿が足の隙間から差し入れられる。

「や……や、だめ……恥ずかしぃ、です—」

萌の弱々しい声など、聞こえていてもいなくても同じようだ。慎司の指はなんの躊躇もみせず、萌の秘部をそろりとなぞった。

「萌ちゃん……すっげぇ、濡れてる」

慎司の息が、萌の耳にかかる。

「ほら、ちょっと開いただけで……美味しそうな液が垂れてきちゃうね」

慎司の言う通りなのは、確かめるまでもなくわかっている。先ほど玄関でされた行為にだって、かなり興奮させられたのだ。先ほど拭き取ったからといっても、きっとなんの意味もない。

入口を優しく撫でていた指が、ぐっと内部に沈められる。思わず下腹部に力が入ったけれど、熱い蜜にまみれた指は容易くぬるりと中に潜り込んでいった。

「あ、あぁぁ……」

鼻にかかった情けない声が漏れる。慎司の指がゆっくりと萌の内部に出たり入ったりを繰り返し、ちゅぷちゅぷと水音がしてきた。

「んっ、はあっ！」

身体の奥底に、他人の存在を感じるのは怖い。でもそれ以上に、経験したことのない快感がどんどん沸き起こってくる。

いつの間にか身体は前傾姿勢になって、シンクにくたりともたれかかっていた。

「そんな格好してたら……萌ちゃんの全部、食べたくなっちゃうな」

「ふぇ……た、食べる……？」

吐息まじりにつぶやいてみれば、萌の背後にいた慎司がすっと屈みこんだのがわかった。

何をするのだろうと思った次の瞬間、彼の方へ大きくお尻を突き出す姿勢になっていることに気づく。焦って身体を起こそうとしてみると、それは慎司に制止されてしまった。

「そのままにしてて」

わけがわからないまま、こくこくと頷く。片足を上げるよう誘導されてその通りにすると、慎司は萌のお尻からゆっくり下着をおろして片足を抜き取った。下着は、もう一方の足の太腿あたりに留まっている。

「やっ、だめ！」

さすがにこの体勢は恥ずかしすぎる。慌てて足を閉じようとしたところで、太腿に生温かいものが這う感触がした。それは、慎司の舌だ。

いきなり味わう温かい感触に、身体が固まる。慎司の舌は太腿をゆっくり舐めたかと思うと、そのまま萌の秘部へとたどり着いた。

「萌ちゃん、もっとお尻を突き出して。気持ちよくさせてあげるから」

「や……恥ずかし、から」

拒否しようと思ったらできるはずだ。なのに、慎司の舌に根気よく太腿を舐められ、萌は自然とお尻を突き出していた。

「やっぱりいいこだね、萌ちゃん……」

ふっと笑いながらそう言ったかと思うと、舌がちろりと萌の秘部を舐めた。

「あっ」

ふるんと身体を震わせながら甘い声を上げると、次の瞬間、慎司は激しく萌の秘部へと吸い付いてきた。

「ああぁあっ、ふ、やああ！」

いきなり与えられた激しい感覚に、萌は大きく声を上げていた。外に聞こえるかもなんて、そんなことを考えている余裕は全くない。

じゅるじゅると溢れ出す液をすする音が聞こえる。恥ずかしさで、顔が火のように熱くなる。

慎司の舌が舐めとれない愛液が、太ももをつたって流れ落ちていく。慎司は舌を這わせながら指で前側の蕾を弄っていて、休みなく与えられる愛撫に萌の頭の中は真っ白になっていった。

「あ、あ、あぁぁ……ッ、ん、やあ！」

どんどん身体から力が抜けていく。はあはあと息を荒くしながら、これ以上はもう立ってることもできない——そんなギリギリの瞬間で、萌は後ろから慎司に抱きかかえられていた。

「布団は出さなきゃいけないみたいだから……ソファでも、いい？」

このままキッチンで抱かれてしまうのかもしれないと思っていた萌は、幾分ほっとしながらコクコクと頷いた。狭い部屋の中では大した移動距離もなく、萌は慎司の手によってソファに横たえられる。

慎司は自分のデニムのポケットをごそごそと漁っていたかと思うと、小さな避妊具の袋を取り出した。そして、それを自身へとかぶせる。

（わ……あ、あれが男の人の……？）

熱く滾《たぎ》って真上を向く慎司の熱情を、萌は驚きながら見つめていた。誰かと身体を重ねるのが初めてなら、男の人が興奮した状態を見るのも初めてだった。

「いっぱい濡れてるから大丈夫だと思うけど……痛かったら言ってね」

「え、あ、はい」

よく理解もできてないまま返事をすると、慎司は全ての衣服を脱ぎ捨てた。そして、萌の腕に引っかかったままのブラウスと下着もはずしていく。

「萌ちゃん」

呼ばれてドキドキして見上げてみれば、目を軽く細めた慎司が自分を見下ろしていた。返事をしたくても声が出なくて、ただ口をぱくぱくとさせていると身体を屈めてキスをされた。

唇を舐められ口腔に入ってきた舌に応えていると、慎司が自身を萌の秘部にあてて数度往復させているのがわかる。溢れ出した蜜が彼の熱情に絡み、ぴちゃ、と音を立てる。

彼の熱くなったものが往復するたびに、入り口のすぐ上の蕾にも触れる。そこに触れられるたび、身体がぴくんと反応してしまう。

相変わらず身体の奥は熱く潤んだままだ。気持ちがいいけれど、奥にもっと何かが欲しい。それは本能にもよく似た渇望で、萌は無意識のうちに慎司の腕を摑んでいた。

「し、んじ……さん」

名前を呼びながら慎司を見つめると、喉仏が大きく上下したのが見えた。

「かわいいな、萌ちゃん」

何度もかわいいと言われた。けど、それは褒め言葉であって彼の気持ちではない。

「かわいいじゃ、やだぁ……」

小声で言うと、慎司は不思議そうに首を傾げた。

「ん？　なんで？」

「かわいいじゃ、わかんない……慎司さん、私の、こと」

こんなことを自分から強請るのなんてみっともない。でも、確かめないまま抱かれるのは怖かった。慎司はきょとんとした表情で萌を見下ろしていたが、数秒後に何かを悟ったように一気に笑顔を浮かべた。

「あー……ごめん。言葉が足りなかったか」

その顔に、きゅんと胸が締め付けられる。慎司は一旦身体を離したかと思うと、覆いかぶさるようにして萌の身体をぎゅっと抱きしめた。そして、僅かに身体を離して萌の顔を覗き込む。

「萌ちゃん、好きだよ。すっげぇ好き」

軽く唇が触れ、立て続けに何度もキスをされる。

「わかんなかった？」

「わかんないです……かわいい、だけじゃわかんなくて」

かわいいだけなら、アイカちゃんと一緒です——とはさすがに言わなかった。

「好きだよ」

欲しかった言葉は、これだったんだ。

目を潤ませながら慎司を見上げると、慎司は再びキスをしてから身体を起こした。

「ごめんね……もー限界。……いくよ」

そう言ったかと思うと慎司は切っ先を萌の入り口へとあてがい、ぐりっと中へ押し込んできた。

「あ、あ、あああっ、ん……っ！」

指でされていたのとは違う、圧倒的な存在感と圧迫感だ。ぐっぐっと少しずつではあるけれど確実に中に押し込まれてくる。

「痛い？」

掠れた声で問われ、萌は首を横に振って否定した。身体がいっぱいになる感覚はあるけれど、噂に聞いていたような激痛ではない。だが、それは甘かったと数秒後に思い知ることになる。

「う、あああん！」

終わりかと思ったのに、さらに深く強く彼のモノが中に入ってきたからだ。圧迫感を飛び越え、鋭い痛みが身体を貫く。握っていた慎司の腕を離してぱたぱたと叩いてみても、止めてくれる気配はない。

「ふぁ……っ、いた、いっ！」

「ごめんね、もう少し」

そう言いつつ、最後のひと押しとばかりに腰がぐいっと押し出されて密着した。繋がった部分は熱く、彼のモノで萌の中はぎちぎちだ。

「う……いたぁい……っ」

萌の目から、ぽろりと涙がこぼれた。

痛かったら言ってねなんて言っておきながら、止める気なんてさらさらないみたいだ。それなら、そんな気安めは言わないでほしい。

慎司は萌の方に顔を寄せると、涙の筋を唇でなぞった。

「やっぱり初めてなんだね。めっちゃ嬉しい」

「こ、こんな痛いの……やだぁ……うれし、く、ないっ」

言葉を発すると、その振動が二人の繋がりに伝わってしまう。それすら痛くてしゃくり上げそうになると、慎司が口角を上げて言った。

「ごめんね」

謝りながらも嬉しそうなのは、どうしてだ。そう思っていると、慎司は萌の唇に口付けてきた。

唇が深く合わさり、彼の舌が萌の中へと侵入してきた。熱い舌が生き物のように動き回り、萌の口の中を蹂躙する。奥の方へとすくんでいた舌はからめ捕られ、ゆっくりと舌の裏側を舐められた。

玄関で散々味わった甘いキスを再開され、目がトロンとしてしまう。

「ん……ん、ぁ……」

重なり合った唇から、ぴちゃぴちゃと水音が漏れてくる。口の端からは、二人のまじりあった唾液がこぼれる。

大人のキスを覚えたのは今日なのに、もうその魅力に取りつかれてしまっている。彼の舌が抜け出そうになり思わず軽く歯を立てると、今度は慎司が萌の舌を強く吸い上げた。

夢中になって彼とのキスに溺れていると、慎司が入ってきたことで緊張しきっていた身体から力が抜けていく。いっぱいだったはずの萌の中が少しずつ緩んでいき、それと同時に、彼のものを突き立てられた最奥からは新たな蜜がじわりと溢れ出すのを感じていた。

「動くよ」

唇を合わせたままそう呟くと、慎司はゆっくりと腰を引いた。

「あ……」

萌の中が、彼のものにすがるようにぎゅっと締まる。同時に、とろりと蜜が流れ出た。抜け出そうなギリギリまで身体を引くと、再び腰が押し戻される。

「んんっ！」

唇を合わせたまま、萌は眉をしかめて呻いた。けれどその表情とは裏腹に、最初の一刺しよりも痛みが減っていることに気づいていた。

同じ動作を、ゆるやかに何度も繰り返される。最初は引きつれるような感覚が大きかったのに、膣奥からどんどん溢れ出す蜜がその動きをスムーズにする。それと同時に、萌の身体に違う感覚が押し寄せてきた。

「ふぁ……やぁ……」

耐え切れず漏らす声に艶が混じったのを、自覚する。恥ずかしさと快楽は紙一重で、意識するとなおさら潤みが溢れ出していく。

少しだけ慎司のスピードが速まると、二人の繋がりからはじゅくっと水音が聞こえてきた。

「やらしい音、聞こえるね」

「や、恥ずかしい……」

顔を背けて目を逸らそうとしたら、大きな手が萌の頬に添えられまっすぐ上を向かされる。

「恥ずかしくないんだよ。……めちゃめちゃ嬉しい」

顔中にキスの雨が降る。柔らかな唇の感触を顔中に感じて、身体はさらに蕩けていく。

最初はえぐられているようだと感じていたのに、萌の内部の粘膜の壁は柔軟に形を変えて慎司の熱情を包み込んでいく。痛さの合間に快感が混じり始め、全く正反対に思える感覚が、実はそれほどかけ離れていないことを身をもって知る。

はあっと熱く息を吐いた慎司の顔にもまた愉悦の表情は浮かんでいて、それがなお一層萌の感覚を煽った。

「ふ、やぁぁぁん……い、いぃ」

慎司が僅かに身体を起こし、そのせいで彼のものが萌の上側の膣壁をなぞるように動く。そこを擦られると、おかしくなりそうだ。

「ふぁ、や、そこぉ、ダメ……っ！」

切れ切れに叫ぶと、切羽詰まった萌とは逆に慎司はにんまりと笑みを浮かべた。

「ここだね」

器用にクイクイと腰を動かされ、萌は腰を浮かしそうになった。それを押さえつけるように慎司が手をあてて押さえ、緩やかだが規則正しいリズムで出入りが繰り返される。

「あっ、あっ、あ」

萌の膝裏に手が添えられたかと思うと、大きく左右に開かれた。さらに深く腰を押し出され、最奥に彼の熱情の先があたる。

「あぁぁぁっ！」

微かな痛みとともに、快楽が身体を駆け抜けた。

「奥、気持ちいい？」

「ふぁぁぁ……」

強がることすら忘れてコクコクと頷くと、慎司はそのままさらに腰を打ちつけ熱情を潜り込ませた。萌の芯をえぐった彼のものが、時折びくびくと動く。その動きは、萌が触れてほしいところを的確に刺激してくる。

「あ、や、だめぇ……」

もどかしい。もっともっと強く、押し上げてほしい。

萌が身体を腰を揺らしたのはほんの僅かだったけれど、慎司に伝えるのには充分な動きだった。

「もっと、だね」

腰が即座に動き出す。肌と肌とが触れ合う音と、淫らな水音が響く。首を仰け反らせて短く息を吐いていると、身体を起こした慎司が二人の繋がりへと手を伸ばした。そして、秘部のすぐ上の蕾へと親指が触れる。

「ん、あああぁぁっ！」

途端に、萌の中がきゅうきゅうと締まった。

「うわ、キツ……」

慎司が低く呻き、ぴたりと身体の動きを止めると眉をしかめてきゅっと唇を引き結んだ。端麗な顔が歪んだ様は、どこか秘密めいていて溢れそうなほどの色気がある。慎司のその顔を見ているだけで、自分がもっと興奮していくのがわかった。

「ん？　どした……？」

萌がじっと自分を見ているのに気づいて、慎司は不思議そうに顔を横に傾けた。

「あ、かっこいいなあって」

素直にそう伝えると、一瞬驚いた表情を見せた後にはにかんだような笑みを見せる。

――溶けちゃいそう。

萌がふにゃりと締まりのない笑みを浮かべると同時に、慎司は再び腰を動かし始めた。

「あ、ふぁぁ……んっんっ」

腰の動きに合わせて、親指が円を描くように動く。繋がりから溢れ出した蜜をすくって、ぬるぬると赤く充血した蕾をなぞった。

「あ、あ、あああんッ」

触れられるたび、奥を突かれるたび、どんどんとろみを帯びた蜜が溢れ出す。お尻のあたりにほんのり冷たい感触がするのは、自分から流れ出た愛液のせいだろうと気づいて羞恥が募った。

——でも、どうしようもないんだもん。

子供みたいな言い訳が頭に浮かぶ。

初めて会った時から、心を奪われていた。優しく声をかけられ、ひょんなことから彼の『食事係』みたいになって、それでも嬉しくて楽しかった。

先輩の梅村が言ったように、もし彼女がいても奪うことなんて萌の性格上できなかったと思う。彼女がいると思ってどこか気持ちをセーブしていただけに、この状況が嘘みたいで、それでいて嬉しかった。

「うっ……か、彼女がいなくて、よかったぁ……」

気持ちが高ぶってしまい、萌は半分涙声で言った。

「好き……慎司さん、好きぃ……」

快感の波を漂いながら、うわごとみたいにつぶやく。

「萌ちゃん、俺も好き」

慎司のものが一層大きくなったかと思うと、打ち付ける動きが突如速くなった。

「そんな風に言われたら……もうダメだよ、我慢できなくなる……っ」

ソファが激しく軋む音と二人の荒い息遣い、そしてじゅぶじゅぶと淫らな水音が部屋に響きわたる。

どんどん何も考えられなくなっていって、萌は身体を揺さぶられながら嬌声を上げた。

「あっ、あっ、んんっ……は、う、ああ……っ！」

萌の中がざわざわと蠢《うごめ》き、絶頂が近いことを知らせていた。蕾から手を離した慎司は、萌に覆いかぶさり背中に手を回してぎゅっと抱きしめた。

「すご……萌ちゃんの中、俺のに絡みつく……」

「や、そんなこと、言わないでぇ……っ」

萌もまた彼の背中へと手を回し、彼の首を掻き抱いた。

その言葉に、慎司がぐんと奥まで自身を突き刺す。何かがはじけるような感覚とともに、

「あ、ふあああああ……だめ、いっちゃう……！」

萌は大きく首を仰け反らせながら絶頂に達していた。

「あああああああっ！」

四肢を大きくびくびくと震え、膣壁がきゅうっと締まり慎司のものに絡みつく。大きく息を吐きながら、萌はしばし身体を駆け抜ける快感の余韻に包まれていた。

動きを止めて萌の絶頂を受け止めていた慎司は、萌の息がほんの少し治まったのを見計らって身体を起こした。

「ごめんね、今度は俺の番」

そう言って萌の両足を担ぎ上げたかと思うと、今までとは比べものにならない速さで激

しく責めたて始めた。

「う、え、やあっ、まだ……っ」

絶頂に達したばかりの身体に、その刺激は強すぎる。萌は彼の下から抜け出そうとしたが、身体が深く繋がりがっしりと足を抱えられたままではどうにもならない。

「大丈夫……萌ちゃんがよすぎるから、俺も、すぐ終わるから」

すぐってどれくらい？　なんて聞けるわけがない。

「や、やああ、ん、あああああっ！」

敏感な身体の中に再び抜き差しが始まって、まだ余韻の中から抜けきれてない萌の中はなお強く慎司を締め上げた。白く泡立った蜜が慎司の熱情に絡み、そのまま滴り落ちていく。治まったはずの快感が身体に蘇り、それは先ほどよりも一層深くて刺激的だった。

「あっ、も、だめえ……」

これ以上されたら、自分じゃなくなっちゃう。すでに自分の意志で身体を動かすことも困難で、ぱたりと腕がソファへと落ちる。慎司がその手を掴んだかと思うと、自分の口元へ運んで指先に軽く歯を立てた。熱い舌が指先をなぞる感覚に、身体の芯がぞくっとする。

「はあぁ……ん、やぁ……！」

「萌ちゃん……」

萌の指を口に含んだまま掠れた声が名を呼び、追い立てるように激しく腰が打ち付けられる。

「慎司、さぁんっ」

身体ががくがくと揺れる。唇から手を離すと、慎司は指を絡ませてしっかりと握った。

「は……っ、イクよ……」

渾身の力を込めて三度腰を打ち付けたかと思うと、慎司のものが大きく膨らみ爆《は》ぜた。

「あああぁ……」

身体の一番奥に、彼の熱を感じる。初めての感覚に身を委ねながら、萌は疲れ切った身体と意識をソファに深く沈めていた。


パチッと目を覚ますと、いつの間に敷いたのか布団の上に横たわっていた。

部屋の中は真っ暗だ。時間を確認しようと身体を少し動かそうとして、すぐ傍に人の気配を感じた。驚いて暗闇の中で必死に目を凝らしてみると、それは慎司の姿だ。

(そっか、私、疲れ切って寝ちゃったんだ……)

一気に先ほどまでの交わりを思い出して、顔が赤くなる。起こさないように静かに身体を起こそうとしたが、僅かな衣擦れの音で慎司がぱちっと目を開けた。

「ん、起きた?」

「お……起きました……」

どんな顔をしたらいいのかわからない。中途半端な姿勢で身動きも取れずにいると慎司の腕が伸びてきて、ぎゅっと萌を引き寄せた。

「大丈夫？　身体」

「あ、えと……多分……」

本当は、少し身体を動かしただけで下腹部がじんと痛むのを感じていた。それを隠してそう言ったが、慎司にはわかっているのか労《いたわ》るように優しく身体を撫でてくれた。

「初めてなのに、ちょっと無理させちゃったよな。ごめん、かわいくて」

そして、額に優しくキスを落とされる。

（う、わぁ……）

一人暮らしの部屋で、優しくて素敵な恋人と過ごす甘い時間。

憧れていた図式が突然目の前に広がって、くらくらと眩暈《めまい》がしてくる。

嬉しくなって彼の胸にすりすりと頭を擦りつけると、慎司は指で萌の髪の毛を弄び始めた。

「萌ちゃんの髪の毛……くるんとしてて、トカゲのしっぽみたいでかわいいな」

「……ん？」

ちょっと待て。

その言い方がどこか腑に落ちなくて、頭の中で何度も反芻《はんすう》する。

「慎司さん……一個聞いていいですか?」

「なに?」

「あの……どうして、私のこと好きになってくれたんですか?」

慎司はきょとんした顔で萌を見返していた。

「どうしてって……うーん、そりゃあ自分が弱ってるところを見つけてくれた恩人なのに加えて、俺のこと考えてあんなに美味しいご飯を作ってくれたら、グッとくるって」

それはすなわち、彼の胃袋を掴んだということになるんだろうか。

納得のいくようないかないような感じで考えこんでいると、頭上からは「あ」と小さく声が聞こえてきた。

「萌ちゃんが、もえぎ荘の前でウロウロしてた時さ」

「下見に来た時のことですか?」

「うん、そう。その時」

彼の胸に顔をつけたまま見上げると、慎司が萌の前髪をはらりと指で払って優しく笑った。

「俺にぶつかって慌てて見上げてきた時の目が、真ん丸でくりくりしてて、蛇みたいに可愛いなあって思ったんだ」

「へ、蛇……」

茫然とつぶやく。

「うん。俺の部屋にいた、ピンク色のコーンスネークのベビー。あの子みたいだ」

そりゃあ確かに彼の部屋でケージの中の蛇を見せられた時、意外にも可愛い目には釘づけになった。丸くてビーズのようにつやつやしてて、随分見た目とは違う可愛らしい目をしてるんだと驚いたものだ。

(だからって、それにたとえられても、なんだか複雑な気分……)

何も知らないでいきなり言われたら、逆切れしてしまいそうなセリフだ。

「萌ちゃんが俺の部屋に来て、ドン引きされないで本当よかった」

萌を抱きしめる腕に力が入る。

今まで数多くの女性たちが、彼の趣味や嗜好についていけずに離れていったのだろう。でもその原因が果たして爬虫類だけなのかというと、ちょっと違うかもしれない。

「かわいい」

彼の手がふんわりと萌の瞼に触れる。

(まあいっか)

彼がコーンスネークだと教えてくれた、ピンクの赤ちゃん蛇。あんな可愛さにたとえられるのなら、悪くない。

彼の腕の中でゴロゴロとしていると、慎司が軽く耳に歯を立ててきた。

「お腹すいたけど……それよりもう一回したいな」

「そういえば慎司さん、この一週間何を食べてたんですか？」

「適当に……コンビニで買ったりとか、食べたり食べなかったり。仕事も結構忙しくて、帰ってくるの遅いことが多かったから」

「え？　そんなのダメじゃないですかっ！　また身体壊しちゃう」

萌はがばりと身体を起こすと、傍らに脱ぎ捨ててあったキャミソールを手に取り上からかぶった。

「何か作ります！　そのために慎司さんの部屋から食材取ってきたんだし」

「あー……うん、わかった。じゃあ俺もちょっと部屋から取ってくるものあったから」

慎司はそう言うと、自分も衣服を身に着け始めた。

「身体しんどくない？　無理しないでいいからね」

そう言い残して、慎司は萌の部屋を出ていった。

無理をして動いてはみたものの、やはりちょっと身体に辛さとしんどさが残っている。特に脚の間はズキズキと鈍い痛みがあって、けれどそれも彼と繋がった証と思うと我慢ができた。

慎司には申し訳ないけれど、今日は少しだけ手抜きをさせてもらおう。ゆっくりとした動きでキッチンに立つと、隣の部屋からはガタガタと音が聞こえてきた。その音に今までと違う照れくささを感じつつ、冷蔵庫を開ける。

一週間前と比べてやや食材は減ったものの、二人のご飯を作るくらいなら充分にある。

これからは彼女として慎司に食事を作るんだと思うと、素直に嬉しい。

（冷凍のご飯があるから、手っ取り早くチャーハンでもいいかな。あとは、慎司さんの部屋から取ってきた一夜干しの魚でも焼いて……）

頭の中でぐるぐると考えながら小分けしたご飯をいくつか取り出していると、萌の部屋のドアが開いた気配がした。やけに早いと思って振り返った萌は、そのまま身体が固まった。

ほくほくと嬉しそうな笑みを浮かべた慎司の手には、先ほどまで彼の家にあった小さなケージが収まっていた。

「これ！」

「……え？」

中にいるのは、ピンク色のコーンスネークだ。

「萌ちゃん気に入ってたみたいだから、もしよかったら飼ってみないかと思って！」

「………は？」

普段と違う空気に何事かと思ったのか、小さな蛇が首をもたげて部屋を見回すような仕草を見せている。

「た、確かに可愛いとは言いましたけど、ちょっと気が早いっていうか……」

「大丈夫大丈夫。いつも傍にいたら、きっともっと愛着湧くよ」

あまりにもウキウキとした彼に、否定的な言葉が言えない。

「蛇の餌は週に二回くらいで大丈夫だし、俺がやりに来るからさ」

「え、そんなに少なくていいんですか？」

「大人になったら一回でもいいくらいだよ」

「ほえー……」

驚きのあまり、にっこり微笑みながら差し出されたケージをすんなり受け取ってしまった。

「じゃあ、一緒に育てて観察していこうね！」

「え……えええええぇっ!!」

お隣のイケメンが彼氏になっただけではなく、妙なものを連れてきた。

萌は顔を引きつらせつつ、これからの生活に若干の不安を覚えるしかなかった。

番外編　ある日のもえぎ荘

Xデーは、思っていたよりも早くやってきた。

「奥野、頼んでおいた各店舗の売り出しフェアの日程表、できあがってる?」

「はい! あ、でも一か所だけ別のキャラもののキャンペーンとかぶってるから変えてくれって言われて……」

「なんですぐ報告しないのよ! 貸して!」

ボールペンでこつんと頭を叩かれつつ、梅村に印刷したばかりの日程表を差し出す。切れ長の涼しげな目が数字を追っていく隙に、萌はすかさず電話に手を伸ばした。

「お世話になっております。商品部の奥野です。……はい、先日確認した新キャラのバンビナちゃん売り出しキャンペーンの日程のことですが……」

萌の素早い行動を見て、梅村も少しだけ眉間の皺を緩めた。

先輩の梅村が新キャラクターの売り出しを一手に任されて一ヶ月。彼女を中心にチームが編成され、末端ながら萌もそのメンバーとして仕事に関わるようになった。雑用ばかりだった今までとは打って変わって、責任のある仕事にも少しずつ携わるようになっている。

隣に住む慎司との仲もうまくいっていて、正直今が人生で一番充実しているかもしれない。

「確認とれました! 日程通りで大丈夫です」

「ん。それじゃあ日程表作り直して。その後、各方面に配れるように印刷。午前中にはできるでしょ」

受話器を置いて報告すると、即座に指示が入る。梅村は仕事に厳しいが、それだけにやりがいもある。彼女のチームに入れたことは萌の誇りでもあって、勢いよく返事をしてパソコンのモニターに向き直った。

しかし。

「奥野さん、受付から内線。お客様が見えてるみたいよ」

内線を受けた先輩が、少しだけ不思議そうに萌にそう告げた。

「はい？」

驚いた顔をしたのは、萌だけじゃなく隣で仕事を指導していた先輩の梅村も同じだった。いくら社外の人間とのやり取りが多い商品部といえど、入ったばかりの新人の萌にお客様なんてくるわけがない。

「アンタ、なんか心当たりある？」

「いえ、全く……」

首を捻りながら、ひとまず受話器を取って内線ボタンを押す。

「商品部の奥野です。あの、お客様って……」

「あ、奥野さん？　その……お父様が、見えられてるわよ。なんか、ひどく怒ってらっしやるように見えるけど」

「おっ、お父さん!?」

途端にサーッと血の気が引いた。萌の事情を知っている梅村が、視界の端であちゃっと顔をしかめた。

「わ……わかりました……」

「ロビーでお待ちいただいてるから、降りてきてください」

力なく受話器を置いてから、萌はくしゃりと顔を歪めた。

「ど、ど、どうしよう梅村さん！　お、お父さんが来ちゃった！」

「まあ落ち着きなよ」

どうどう、と肩を優しく叩かれる。

「一人暮らしのこと、まだ言ってなかったの？」

「うまく言い出せないうちに、どんどん日にちがたってしまったっていうか……」

「まあ、その間に初めての彼氏もできて、うつつを抜かしてたもんねー。その様子じゃあ、実家に顔出したりもしてなかったんでしょ。うまくやれって言ってたのに」

「う……」

返す言葉もなく、俯くしかない。

「ひとまず行っておいで。お父さんだって、まさか娘の会社のロビーで恥をかかせるようなことはしないでしょ。……しばらくしたら、私も様子を見に行ってあげるから」

「は、はい」

確かにこのままにしておくわけにはいかない。萌は重い腰を上げると、ヨロヨロとエレベーターの方へと歩きだした。


エレベーターが一階につき、萌は恐る恐るフロアに降りた。受付に目を走らせると、萌が来たことに気づいた受付嬢の先輩がロビーへと目を向ける。

そこには、ピンクと水色の可愛らしいソファにどっかりと座る父の姿があった。ファンシー雑貨やキャラものを扱う会社を象徴する場所として、会社のロビーはどこよりも可愛らしく作られている。床にはフワフワのピンクの絨毯が敷かれ、壁に描かれているのは会社を代表するキャラクターたち。それに囲まれながらいかつい身体の父が座っているのは、かなり可笑しい光景だ。

しかし、今は笑っている場合ではない。イライラと脚を揺する様には遠目にもひどく怒っている様子が見て取れて、萌は申し訳なさげに受付嬢に頭を下げてからソファに座る父へと近づいた。

「お、お父さん久しぶり……」

「萌!」

いつも萌には甘い父から、こんな厳しい調子で名前を呼ばれるのは久しぶりだ。多分、中学の時に花火大会でついうっかり門限を破った時以来だろう。

「久しぶりなんて言う前に、何か言うことがあるんじゃないか?」

「えっと……お父さん、今日仕事は……?」

「お母さんに呼び出されて早退だ。本当はお母さんもここに乗り込んできそうな勢いだったんだぞ? なんとか宥《なだ》めて車で待ってるが」

この様子からいって、どんな経緯かは知らないが萌が一人暮らしをしていることを知ったに違いない。萌は、覚悟を決めて口を開いた。

「あの、もしかして、その……」

「一昨日お母さんが、お前あてに小包みを送ったんだ。そしたらそれが今日になって戻ってきたんだよ。転居先不明につき配達できませんってな」

天に向かって大きく叫び出したい気分だった。郵便物の転居届。総務部に転居を報告した時に『郵便局にも届出てね』と教えてもらったはずなのに、バタバタしていてすっかり出すのを忘れてしまっていた。

「何かあったのかと思って女子寮の管理室に電話したら『使われておりません』なんていうし、慌てて会社に問い合わせてみたら今年の春に独身寮は廃止になったたって言われて」

「か、会社に問い合わせたの!?」

「仕方ないだろう。お前が携帯に出ないから、お母さんだって焦ってたんだ」

「仕事中は携帯はロッカーに入れてるから……って、それならまず私がいる商品部に電話してくれたらよかったのに！」

「お前……お父さんもお母さんも、心配してここまで来たっていうのに」

過保護な親だとは思っていたが、ここまでされたら恥ずかしくてたまらない。でも、この事態を招いたのは自分だ。

独身寮が廃止になる時にベソベソと泣き言を言っていた萌に、梅村が喝を入れてくれたことを思い出した。

社会人として、自分はちゃんと自立している。だったら、自分の力で両親も説得しなければ。

萌は深呼吸をひとつすると、静かに父を見つめた。

「心配で来てくれたっていうのはわかるけど……今は私も仕事中なの。ゆっくり話す時間はないから、少しどこかで待っててくれないかな。お父さんだって、自分の部下の父親が会社に乗り込んできたらどう思う？」

「それは……」

「奥野さん」

父が困った顔をしたのと同時に、涼やかな声で名前を呼ばれた。振り向いた先にいたのは、梅村だ。

（奥野『さん』⁉）

落ち着いた声で萌を呼んだ梅村には、人当たりのよさそうな笑みまで浮かんでいた。

「なかなか戻ってこないから心配したんだけど……あら」

わざとらしい言い方だと思ったのは萌だけのようで、父は梅村へと視線を向けるとたちまち相好《そうごう》を崩した。美人って得だ、と思ったのは言うまでもない。

「こちらは奥野さんの……？」

「父親です。お父さん、先輩でお世話になってる梅村さん」

「これはこれはどうも。萌の父です。萌がいつもお世話になっております」

「まあ、お父様？　お若いから、てっきり奥野さんのお兄様かと思ったのに」

梅村は爽やかな笑顔を浮かべるとともに、深々と腰を折った。明らかにそれとわかるお世辞に萌は顔を引きつらせたが、父はそうじゃないらしい。まんざらでもなさそうな顔で、だらしなく目尻を下げた。

「奥野さんを指導させていただいてる、梅村と申します。奥野さんは仕事の飲み込みも早いし仕事に対しての情熱もあって、いい新人が入ってきたと商品部でももちきりなんですよ」

そんな噂は、一度も聞いたことがない。

「それはそれは！　出来が悪くて社会知らずな娘ですが、ご迷惑をかけてやしませんか」

「そんなことありませんわ」

梅村のよそいきの態度を初めて見てしまった。とはいえ、彼女の加担はありがたい。萌はここぞとばかりに父に声をかけた。

「ね、お父さん。今は仕事中だし、先輩方にも迷惑かけちゃうから……」

「何か大事なお話でしたか？　それならなるべく彼女だけでも早く帰れるようにいたしますので……」

梅村が申し訳なさそうにすると、父はイヤイヤと顔の前で手を振った。

「いえいえ、ちょっと近くまで来たのでなかなか実家に顔を出さない娘を見に来ただけでして。家内と一緒に来ておりますので、ゆっくり食事でもして時間をつぶすので大丈夫です。それなら萌、仕事が終わったらお父さんの携帯に電話しなさい」

打って変わった父の様子に多少呆れたが、ひとまずここはなんとか切り抜けられそうだ。

「うん、わかった」

「それじゃあ、仕事がんばるんだぞ」

座って萌を待っていた時とは打って変わって、にこやかにロビーを去っていく父親をほっと安堵しながら見送った。

並んでにこやかな笑みを浮かべていた梅村は、父親の姿が見えなくなると同時にガスッと萌のわき腹を肘で小突いた。

「うぐっ！　い、いきなり……」

「もー、だから言ったでしょ？　私が手伝えるのはここまでだから、あとはアンタ自身がなんとかしなよ」

ひらひらと手の平を振って顔を扇ぎながら、梅村はため息を吐いた。

「すみません、迷惑をかけてしまって……」

「それはいいんだけどさ。春からずっと指導してきてようやく最近使えるようになってきたのに、くだらないことで辞めたりとか勿体ないでしょ」

「梅村さん……っ！」

感動してウルウルとした瞳で見上げると、梅村はうざったそうに萌の肩を押した。

「や、そういうのはいいから。ほら仕事戻るよ」

「はーい！」

彼女の性格は大分わかってきていて、萌を心配してここに来てくれたのも知っている。だったら、自分がすることはひとつしかない。

「……なんとかがんばって、ちゃんと両親説得します」

「うん、まあがんばりなさいー」

ぽんぽんと優しく頭を撫でられ、萌は梅村と並んでエレベーターに乗り込んでいた。

とはいえ。

「萌ちゃん、こんな……こんな危なそうなところに一人で住んでいたの⁉」

仕事が終わってから両親と待ち合わせ『もえぎ荘』に連れていってみれば、外観を見た母はひどくショックを受けた様子だった。

「そんなこと言ったたって……私の給料いくらだと思ってるの？　通勤範囲内で探すんなら、これくらいが精いっぱいだって」

確かに見た目は古いかもしれないけれど、萌にとってはもう立派な『我が家』だ。こんなところと言われたら、少しムッとする。

「商店街近くて角には交番あるし、街灯も多いんだよ？　住みやすい街にするためにって、町内会で防犯カメラもあちこちに設置してあるし、お母さんが思ってるよりはずっと治安がいいって」

「そういう問題じゃないでしょう！　萌ちゃん、こんなところに一人で住んで、犯罪に巻き込まれでもしたら……」

「心配してくれるのはわかるけど。世の中には一人暮らしをしてる女性なんてゴマンといるんだよ？　そんなこと考えてたら、生きていけない。って、お母さんだって本当はわかってるんでしょ」

本当にダメだと思ってるのなら、いくら独身寮があろうと萌が両親のもとを離れて就職するのを許してくれるはずがない。大好きな企業で働くことを承諾してくれたんだから、話せばわかってくれるはず。そう信じる気持ちだけが萌の強みだった。

過保護に育てられたということは、それだけ大事にされてきたということだ。だから両親が心配する気持ちも多少はわかる。

けれど、ただ単に甘やかされてきただけじゃないというのは一人暮らしを始めてからなおわかった。

「萌ちゃんって、料理の手際がすっげえいいよな。お母さんの手伝いとか、すごくしてきたんだろうなー」

すっかり萌の家でご飯を食べるのが定番になってきた頃、キッチンに立つ萌の後ろ姿を見ながら慎司が言った。

「そうですか?」

「作ってくれるの、全部美味いし」

「それは、レシピがいいんですよ。ネットで評判いいやつとか探してますし」

「いくらレシピがよくてもさ、手際がよくなかったらそんなに簡単に作れないだろ?」

先にテーブルに並べて置いたサラダをもしゃもしゃと口の中に運びながら、慎司が続けた。

「ちゃんと育てられてんだろうなーって、思うよ。ご両親が来ることがあったら前もって教えてね。俺、ちゃんと挨拶したいし」

(挨拶、してくれるつもりなんだ……)

何気なく言われたことに、ドキドキした。

「わかった？　萌ちゃん」

「は、はいっ！」

慎司の頬がほんのり赤くなってるのも嬉しかった。絶対に教えると約束したはずなのに——。

(こんなことになっちゃうなんて……)

両親を連れ、力なくもえぎ荘の階段を上る。

どうか慎司がまだ帰っていませんように。そう願いながら、萌は鍵を差し込んで部屋のドアを開けた。

外見とは裏腹にリフォームがしてあって明るい室内に、両親は意外そうな顔で部屋を見回した。

「あら、中は案外綺麗なのね」

「うん。リフォームしてるみたい。あ、お風呂場も綺麗なんだよ」

「ちゃんと片付けてあるじゃないか」

「そりゃ、そういう風に育てられたからね……って、お母さん！　勝手に開けないでよ！」

あちこち動き回っていた母が、即座に冷蔵庫を開ける。見られて困るものはないが、慎司との食事に備えてほとんどが二人分の分量のため、ヒヤリとしてしまう。

きちんと下ごしらえを済ませた食材の入った密閉容器が所せましと並んでいるのを見て、母が感心したように声を上げた。

「あら！　偉いじゃない！　こんなにちゃんと料理してるなんて思わなかったわ」

「そ、そりゃあ、ちゃんと食べないと身体壊しちゃうし……」

まさかそれが、隣に住む彼氏のためだなんて言えるわけがない。

たくさん並んだ密閉容器のひとつを手に取り、母親が蓋を開けた。

「あら、これ……」

中に入っていたのは、実家で母の手伝いをしている時によく作らされていたひじきの煮物だった。

「萌ちゃん、一人で作れるの？」

「え？　作れるよ。いつもお母さんの手伝いしてたじゃない。味はちょっと違うかもしれないけど……」

洗いっぱなしでシンクに刺してあった箸に手を伸ばすと、母は煮物を口に含んだ。

「うん、ちょっとだけしょっぱいわね」

「厳しいねえ。うまくできたと思ったんだけどなー」

そう話しながら、萌は通勤用のバッグの中からお弁当箱を取り出した。それを見て、父が目を丸くする。

「お弁当も、ちゃんと作って持っていってるのか」

「お給料だってそんな多くないし。お弁当の方が経済的でしょ」

両親が顔を見合わせた。あと一歩だ。そう感じて萌は二人に言った。

「黙って一人暮らしをしたのは、本当に悪かったと思ってる。ごめんなさい。でも……私だって、ちゃんとやってるでしょう？　あのまま実家にいたら、お母さんとお父さんに甘えてもっとだらけた生活してたよ。離れたからこそ、二人が私を大切に育ててくれたのもわかったし」

萌の口からそんな言葉が出てくるとは思わなかったのか、二人とも驚いた表情で萌を見つめている。

「いつまでも子供じゃいられないの。お父さんとお母さんから離れたいわけじゃなくて……今の会社、本当に好きで入ったとこだから、絶対にやめたくない。だから……お願いします」

そして、二人に向かって深く頭を下げた。

両親に向かって頭を下げたのなんて、初めてのことかもしれない。深く頭を垂れたままじっと動かずにいると、頭上からは二人のため息が聞こえてきた。

「……仕方ないわねえ。お父さんとお母さんに黙って勝手に一人暮らしを始めたのはいただけないけど、ちゃんと生活しているようだし。今回は萌ちゃんのこと、信用してあげる」

「お母さん！」

「ただし、ひと月に一回はちゃんと実家に帰ってくるのよ？　それと、ここの合鍵は渡すこと」

「うん、わかった！　ありがとう、お母さん！」

これで仕事も辞めずに、もえぎ荘も出ていかなくて済む。思わず母にぎゅっと抱きつくと、その横で父が怪訝そうな顔をしていた。

「ん……？　あれは、なんだ？」

「え？」

父の視線の先をたどろうとして、ハッとした。もしかして、毎日のようにこの部屋に出入りしている慎司の私物が、何かあったかもしれない。両親を説得することに頭がいっぱいで、部屋に入れる前にチェックするのをすっかり忘れてしまっていた。

ここで明らかに男の物だとわかる物を見つけられてしまえば、確実にアウトだ。

恐る恐る父の視線の先をたどってみると――その先にあったのは、コーンスネークのモモちゃんの入ったケージだった。なんだ、と脱力する。

「ああ、これ。コーンスネークのモモちゃんが入ってるんだよ」

「コーン、スネーク？」

父が呆けたように呟く。

「そう。蛇だよ蛇。かわいいんだよー」

名前は萌ちゃんがつけてと言われて、身体の色をそのままに『モモちゃん』と名付けた。まだ小さすぎるために性別もわからないのに、安易だと慎司には笑われたが、飼うのは萌だからいいのだ。

スタスタとケージに近づいて持ち上げると、土の上でとぐろを巻いていたモモがむくりと頭を持ち上げた。母が目を丸くして、萌に近づいてきた。

「蛇ぃ!? 萌ちゃん、それどうしたの？」

「え、友達にもらったの。なんか可愛いなーって言ったらくれたんだ。ほら、綺麗なピンク色でしょ」

連れてこられてきた時には十センチほどしかなかったモモだが、一度脱皮をしたことによって少しだけ大きくなった。蛇を指や腕に絡ませることをハンドリングと言うそうだが、それも慎司に教えてもらって少しずつ慣らしている。

意外にも母は爬虫類に対する抵抗がないらしい。むしろ興味津々と言った様子でケージを覗いているのが嬉しくて、萌は母の前にケージを突き出した。

「よくよく見たら、目とかすっごく可愛くてビーズみたいなの」

「あら本当。蛇ってこんなに可愛い顔してるのね」

「でしょでしょ！　さすがお母さん、話がわかるぅ。あ、なんなら触ってみる？　意外にしっとりしてて気持ちいいんだから」

無邪気にケージの蓋を開けたところで、二人の背後から「ひいっ」と小さな悲鳴が聞こえてきた。

「……お父さん？」

いかつい身体の父親が、顔を真っ青にさせている。

「な、な、なんで蛇なんて飼ってるんだ!?」

「だから友達にもらったって……」

ケージの蓋を持ったまま茫然としてると、にゅるりとモモが顔を出した。

「うわっ！　ふ、蓋を閉めろ！」

「大丈夫だってー。自分からは出てこないし、噛まないよ？」

「そういう問題じゃない！　お、お父さんは蛇だけはダメなんだ」

慌てふためく様子に、母までもが呆れたように言った。

「蛇ったって、こんなに小さいじゃないの」

「そうだよ。モモちゃんはまだ赤ちゃんだし」

「だから、そういう問題じゃない！」

父はずずっと萌から遠ざかると、脱ぎかけていたジャンパーを急いで羽織った。

「と、とりあえず萌がどんな暮らしをしてるかわかっただけ充分だろう。ほら、俺も今日はいきなりお母さんに呼び出されて仕事を早退してしまったから明日は早く出なきゃいけないし……帰るぞ！」

「えー、私まだ萌ちゃんと色々話したかったのに。お父さん、こんな小さな蛇ちゃんが怖いの？」

「怖いんじゃない！　違う！」

父はむんずと母の腕を掴むと、そのままバタバタと玄関へ早足で向かった。

「もう……せっかく萌ちゃんの家に来たっていうのにぃ」

「萌！　次の週末には実家に帰ってきなさい。じゃあお父さんとお母さんは帰るから、戸締まりはしっかりしてチェーンもかけるんだぞ！」

そう言い残すと、父は無理やり母を引っ張っていってしまった。

「萌ちゃーん、じゃあ土曜日にね！」

未練がましい母の声が聞こえたかと思うと、ドアがバタンと閉まった。

「土曜日に帰るって、言ってないのに」

萌は苦笑しつつモモのケージの蓋を閉めると、そのまま玄関に行きしっかりと鍵をかけた。

それにしても、父が蛇が苦手だなんて全く知らなかった。ゴキブリが出ようとも大きな犬に吠えられようとも地震が来ようとも。どんな時でも平気そうな顔をしていた父が、こんな小さな蛇がダメだなんて意外すぎる。

「こんなにかわいいのにねー。モモちゃん」

モモが首をもたげてこちらを見る。萌のことが見えてるかどうかはわからないが、朱色の透き通った丸い瞳がこちらを見ているだけでほっこりとする。

慌ただしい訪問に少しだけぐったりしつつ部屋に戻ると、ピンポーンと軽やかにチャイムが鳴った。父か母が忘れ物でもしたのだろうか。

そう思いながらドアに近づくと、コンコンコンとドアを小さく三回ノックする音が聞こえた。

この叩き方は、慎司だ。

「おかえり、萌ちゃん」

勢いよくドアを開けると、どこかバツの悪そうな表情で慎司が立っていた。

「慎司さん。もう帰ってたんですね」

「うん。今日は取引先から直帰させてもらって、部屋でウトウトしてたら……びっくりした」

この壁の薄さでは、両親とのやり取りは筒抜けだったろう。苦笑いをしながら、萌は慎司を部屋の中へと促す。

「あ、はいコレ」

食事を作るのは萌だが、その代わりに食材は全て彼が買ってきてくれる。野菜の入ったエコバッグと一緒に、加えて今日はケーキの箱も渡され、萌は顔を綻ばせた。

「わー、ここのチョコレートケーキ大好き！」

「うん、そうだろうなーと思って。萌ちゃんの分しか買ってなかったから、なおさらご両親が来て焦ったよ」

「突然来ちゃったもので……もう帰ったから大丈夫ですよ」

「挨拶するって話したじゃん？　出ていった方がいいのかなあって思ったんだけど……なんかそういう雰囲気でもなかったし、黙って様子窺ってた。ごめん」

「あー、今日はちょっと……来てもらわなくて、正解だったかも」

萌が両親に内緒で一人暮らしを始めたことは、慎司には話していない。これで慎司が挨拶になんて訪れたら、もっと大変だったろう。

「今度ご両親が来た時には、ちゃんと挨拶させてね。なんつって……あの様子じゃあ、もう来られないかもね」

「やっぱり聞こえてたんですね」

「いいのか悪いのか、わかんないな」

慎司は床に座り込むと、テーブルの上に置いてあったケージに顔を寄せた。

「お父さん、蛇がダメなの？」

「みたい、ですね。今まで知らなかったんですけど……」

「こんなに可愛いのになあ」

「はは……」

萌が爬虫類好きを受け入れてからというもの、慎司は周囲に隠すのを少しずつやめているようだった。いざカミングアウトをしてみると意外にも爬虫類に興味がある人も多いらしく、この間はやけに騒がしいと思ったら会社の同僚を連れてきていた。

彼の周りにいた女性がたまたま苦手な人ばかりだったことを、喜べばいいのかどうかはわからない。

「そういえばさ。明日休みだし、俺今日はこっちに泊まっていい？」

なんとなく一緒に眠ることが多くなっていたから、彼がこちらに泊まることは珍しくはない。けれど改めて言われたのは初めてで、萌はきょとんと目を丸くした。

「いいですけど……珍しいですね。改めてそう言うのって」

「そうだっけ？　ゆっくりしたいなーって思ってさ。いい？」

「それは、もちろんいいですけど……」

ニヤニヤ笑う様子になんとなくいつもと違う予感がしながらも、ひとまず萌は慎司のために食事を作り始めた。


『あ……っ』

小さな布団で後ろから抱きしめられながら眠っていたが、ふと声が聞こえたような気がして萌は目を開けた。

(なんか……今、聞こえてきたような……)

声の出どころは、隣の慎司の部屋だ。しかし彼は萌のすぐ後ろにいる。気のせいかと思って再び目を瞑ろうとしたら、さらに声が聞こえてきた。

『ああ……やぁんっ』

これは、間違いない。カチンと身体を強張らせつつ、萌は自分を抱えて眠っている慎司を揺り起した。

「慎司さん……慎司さんっ、大変っ」

「ん、あー?」

寝ぼけた顔でうっすらと目を開いた慎司の耳元で、萌は慌てて状況を説明した。

「慎司さんの部屋から、なんか……!」

『ああっ！　いいいっ！』

告げようとした矢先、先ほどよりもひときわ大きい声が聞こえてきた。

「うわ、マジだ」

一気に目が覚めたのか、慎司がぱちりと目を開けた。

「ど、どういうことですか、これ……!?」

こっちが声を潜めなきゃいけない理由などないのに、萌はなるべく小さな声で慎司を問い詰めた。そんな萌の様子を、慎司がどこか妖しい目で見つめている。

「実はさ……今日、弟にまた部屋を貸してくれって頼まれたんだよね。飲み会で、終電逃しそうだからって」

「は、はぁっ!?」

萌は顔を赤らめながら、慎司に詰め寄った。

「ど、どうして教えてくれなかったんですか?」

「いや、弟が来るからって女を連れ込むとは限らないし……まあちょっと興味はあったから、俺は仕事で帰らないってことにしといたけどね」

相変わらず隣からは艶めいた声が聞こえてくる。

「あいつ……結構やるなあ」

慎司はニヤニヤしながら頬杖をついて余裕そうだが、萌はそれどころじゃなかった。声は聞こえてくるもののイマイチわけのわからなかった前回とは違って、何をされてるのか耳を塞いでぎゅっと目を閉じた。

と想像できるくらいの経験は積んでしまった。興奮するというよりは恥ずかしくて、萌は耳を塞いでぎゅっと目を閉じた。

「萌ちゃん？」

「もう……キライ！　慎司さん、こんなの……っ」

他人の情事の声を聞かされるなんて、想像もしてなかった。布団に潜ると、慎司が慌てた様子で同じように布団に潜ってきた。

「ごめん、萌ちゃん。俺、デリカシーがなかったよね」

「うー……ばかぁ、こんなの、やだ……」

「ごめんって」

慎司の手が伸びてきたかと思うと、萌の耳を包んだ。温かい手にすっぽりと包まれ、萌の気持ちが少し落ち着いた。

「ちょっと待っててね」

慎司はそのまま萌に軽くキスをしたかと思うと、片耳から手をはずして布団の脇に置いてあるスマートフォンに手を伸ばした。そして、何やら素早く操作し始める。

「これで、大丈夫かな」

「え？」

数秒後に隣の部屋から機械音が聞こえたかと思うと、女性の声がぴたりと止んだ。そして、ひそひそと話してる声が聞こえてくる。

「……どうしたんですか？」

「ん、メールしたの。壁薄いから女連れ込むなら気を付けろよって。隣にガラの悪い男が住んでて怒鳴りこまれたことあるからってさ」

「え⁉」

しばらくすると、ばたばたと部屋から出ていく音が聞こえてきた。

「声を出さないようにするって選択肢はないのかよ」

慎司が呆れたように笑いながら、萌の髪を優しく撫でた。

「萌ちゃんの話を聞いてから、俺に彼女がいると勘違いさせるなんてどんだけだよって興味があったんだよ。でも……俺、無神経だったな。ごめん」

「うー……」

それでも恨みがましい目で見つめていると、再び唇を重ねられた。

「もう、弟には部屋を貸さないようにするから。ね」

「……はい」

ここまで言われて拗ね続けていたら、さすがにちょっとかわいげがない。そう思ってこくりと頷くと、慎司がすっぽりと萌を抱きしめていた。

「じゃあ、いいよね？」

「え？」

答える間もなく、するんとパジャマの中に慎司の手が入ってきた。

「あいつらに煽られたわけじゃないけど、したくなっちゃった」

骨ばった手が萌の胸に触れ、下から優しく包み込む。

「え、イヤです！」

「おねがーい」

甘えた口調で言われては、怒りがしゅるしゅるとしぼんでいく。

「う……」

結局は雰囲気に流されて、彼の前に身体をさらしていた。


「ん……ふっ……ん」

部屋を出ていった音は確かに聞こえたけれど、戻ってこないとも限らない。そしてそれに、夢中になって気づかないことだってあるかもしれない。

いつもならそれほど気にならない自分の声を、萌は必死で耐えていた。

「萌ちゃん、そんな我慢することないのに」

そんな萌を、慎司はいつも以上に執拗に責めたててくる。

「だ……って、あ、くぅ……」

脚を大きく広げられてそこに顔を埋めた慎司が、敏感な箇所を舌で舐め上げた。同時に中には指を埋め、ゆっくりと抜き差しをしてくる。

「あ……ふぁ、ん、だめ……ん！」

唇を噛みしめていても、快感で力が抜けて、どうしても口元が緩んでしまう。その隙をつくように慎司の愛撫が激しくなり、声が漏れる。

「いつもより……俺の指に絡みついてくるよ。すっごい濡れてるし」

そんなはずはないと無言で首を激しく振ってみるが、慎司の手はさらに激しさを増していく。

「今日は、なんかダメかも。もう入れていい？」

いつもは散々焦らされるのに、なんだか珍しい。とはいえ萌も早く彼を感じたいのは同じで、こくこくと頷くと彼の方へと手を伸ばしていた。

「……っ、ぁ……！」

熱いものがずぶりと分け入る感触に、背中にぞくぞくと震えが走った。何度も繰り返して慣れてきたつもりでも、やっぱりこの瞬間には圧迫感を覚える。数度出入りされて熱く濡れた膣壁をなぞられ、ようやく萌ははーっと息を吐いた。

「は……っ、あ、い……」

我慢することはないと言ったものの慎司も多少は隣が気になるのか、いつもより口数が少ない。その分お互い視線を合わせ唇を重ねると、貪るように舌を絡めあった。

「ん、ん……っ、ふ、ぁ」

唾液の絡まる音と、二人の繋がりから聞こえるぴちゃぴちゃといった水音。そして互いの息遣いだけが部屋に充満していって、萌はいつもよりもなんだか自分の高まりが早いのを感じていた。

「ぁ……っ、だめ、も……や、ぃく……」

そう小さく告げるや否や、身体の奥が一気に押し上げられる。止まることのできない快感の波に一気にさらわれ、萌は慎司のものを締め上げながらあっという間に達していた。

「う、あ……っ、萌、ちゃんっ」

それは慎司にとっても唐突だったのか、ぐうっと萌を押さえつけて自身の腰を密着させ、深く息を吐いて萌の動きを受け止めていた。ぶわっと額にこみ上げた汗が、ぽたりと萌の胸に落ちる。

「ふ……いきなり……?」

くすりと笑われ、萌はかーっと顔に血が上るのを感じていた。

「だ、だってぇ」

「こんな早くイっちゃうの、初めてじゃない？　萌ちゃん、興奮してた？」

そんなわけ、ない。ぶんぶんと首を振ると、慎司の身体が再びゆっくりと動き始めた。

「ま……俺も人のこと、言えないか。すっげ、気持ちいい」

「ん、あぁ……っ！」

段々とスピードを上げて激しく腰を打ち付けられ、達したばかりだというのにまた中はざわざわと蠢き始めた。

「あ、あ、あぁ……や、いぃ……」

「く……あ、萌ちゃん、やばい……って」

耳元で囁かれた瞬間、隣の部屋からことりと小さな音が聞こえてきた。

「え……？」

もしかして、弟が帰ってきたのだろうか。

「ドアの開く音しなかったし……多分、アイカだよ」

そう言われても、気になるものは気になる。さらにふと気づいた。弟と彼女は、部屋にいる爬虫類たちには気づかないのだろうか。

「ね……慎司、さん？　アイカちゃん、たち……」

頭上の慎司に問いかけてみると、彼は何のことかわかったのか小さく頷いた。

「あぁ……ケージに、布かけてるから……多分、気づいてないいんじゃないかな」

そうなのか、と妙に納得した。萌だって初めて慎司の部屋に入った時には全く気付かなかったから、同じなのかもしれない。

「ていうか……萌ちゃん、余裕？」

「ふ、え？」

慎司は萌を抱き起こしたかと思うと、うつ伏せに倒した。そしてすぐさま、後ろから萌を突き刺す。

「っ……!!」

思わず嬌声を上げそうになったのを、必死で堪えた。そのまま身体を倒して萌の背中にぴたりと密着した慎司は、後ろから手を回すと萌の蕾をくりくりと捏ねだした。

「ひゃ……あ、ぁ、だめえ！」

そこまでされて、声を抑えられるわけがない。指の動きに合わせて激しく彼のものが出入りを繰り返し、萌の身体に再び快感の波が訪れようとしていた。

「あ、あ、ああああっ、だめ、やぁ……！」

「あー、やっぱ萌ちゃんの声……いいよ。もっと聞かせて」

隣に誰かいるかもしれないなんて、考えられない。萌は背中を仰け反らせながら、喘ぎ声を上げた。

「や、あ、いい……っ、また、イッちゃう……！」

「いいよ、俺も一緒に……」

慎司は激しく指で蕾をなぞりながら、萌の最奥へと自身を突き立てた。

「あああぁっ！」

それに合わせ、萌の中が搾り取るように収縮を繰り返した。

慎司が低く呻いたかと思うと、中でどくどくと膜越しに精が放たれた感触がした。かくんと力が抜けシーツに倒れ込むと、その上に慎司が覆いかぶさってくる。

「萌ちゃん」

優しく名前を呼んで慎司は萌の首筋にキスを落としてくるけれど、萌はたった今あげてしまった自分の声が隣に聞こえてやしないかと、びくびくしていた。

「もー……こんなの絶対やだぁ……」

「うん、ごめんね」

振り向いて顔を見つめてみれば、どこか緊張感のない笑顔がある。

「ちゃんと……わかってますか?」

「わかってるって。大丈夫大丈夫」

本当にこの人は。

小さくため息を吐きつつ快感の余韻に身体を委ねていると、そんな萌の身体を慎司が手の平で優しく撫でた。

「萌ちゃんの肌って、しっとりしててめちゃめちゃ手触りがいい。脱皮したての蛇の身体みたい」

「……それって喜んでいいんですか?」

「え、褒めてるつもりなんだけど」

料理も作ってあげなきゃダメだし、ちょっと奇妙な嗜好もある。顔とスタイルはよくても、彼をイケメンと呼んでいいのかどうかは疑問だ。

「そーだ。アイカがそろそろ脱皮しそうだから、脱ぎたてのところを触らせてあげるよ。しっとりしてて気持ちよくて、そしたら納得してくれると思うから」

「……あんまり期待しないで待ってます」

萌は笑いながら彼の首に手を回すと、彼の愛してやまない蛇のように首にぎゅっとしがみついた。

「お隣さんになれて、よかったな」

「それ、俺のセリフだけど」

二人はくすくすと顔を見合わせながら、お互いの身体を再び絡ませていた。

あとがき

初めましての方も、そうじゃない方も。

この本を手に取ってくださって、本当にありがとうございます！　里崎雅《さとざきみやび》です。

この度、ありがたくもティアラ文庫さんのＷＥＢサイトにてオパールシリーズとして連載していた『トナメン!!』を、書籍にしていただくことができました。これもひとえに、読者の皆様方のおかげです！

さて。

今回の話は、隣人がイケメンだったら……？　という女の子だったら誰でも（は、言い過ぎですね）憧れるシチュエーションから、妄想を膨らまして書いたお話です。

私も就職してすぐの頃に一人暮らしをした経験があるのですが、一人暮らしの思い出と言えば……。

鍵をかけて仕事に行ったはずなのに、帰ってきてドアを開けたら宅急便の荷物が部屋の中に置いてあったとか。

「水回りの点検に入ります」と大家さんから会社にいきなり電話がかかってきて、慌てて帰ってみたら洗濯物（もちろん使用済み・洗濯前）が段ボールに入って洗濯機の横に置いてあったとか。

そりゃあアパートのすぐ隣は大家さんちですけど！　でも、一応花も恥じらう二十代の女の子の部屋なんですぜ……！　と詰め寄りたくなることが多々ありました。

（ちなみに大家さんは私の母親くらいの年齢の女性でした）

世の中そんなに甘くないですね……。


そしてそして、もう一つのテーマと言っても過言ではない爬虫類。

私は別に爬虫類は好きでも嫌いでもない、という感じなのですが、身近に爬虫類女子がいらっしゃいます。とかげの尻尾《しっぽ》の青さ（幼少期にしか見られないとか）をうっとりと語ってみたり、「エサになるから！」と無邪気に虫を捕まえてみたり。彼女から得た知識が、少なからず慎司のエピソードの参考になりました。ありがとう、〇〇さん！（言えないけど）。

担当Kさんには、爬虫類カフェなるところがあると教えていただきましたが……残念ながら、行きたいとは思わないかな……（遠い目）。動物園で充分です。

連載時に引き続き、素敵なイラストを描いてくださった葉月《はづき》様。ありがとうございました！　表紙イラストの慎司の腹筋にはぐっときました！　葉月さんが書いてくださったコミカルな萌の表情も、大好きです～！

そして、メールの中にぷっと笑える一言を添えてくださる担当Kさん。……ええ、ミルワームは某大手通販サイトでも売ってるみたいですが、わざわざ検索されたのでしょうか（笑）。毎度毎度のことながら、携帯を忘れたり音を切ったりして連絡のつかない私を根気よく待ってくださって、本当にありがとうございました。ていうか本当すみません……。

最後に。

たくさんの書籍の中から、この本を手に取ってくださったあなた様。本当にありがとうございました！　少しでも「楽しかった」と思っていただけたらいいなあと、それだけを祈るばかりです。

また皆様にお目にかかることができますよう、日々精進したいと思います！

コロコロと表情の変わる萌ちゃんを
描くのがとても楽しかったです!!
コーンスネークのももちゃん、大きくなったかな～。
葉月夏加

おまけ Illustration gallery

三浦慎司

じゃあ正式にお隣さんだね。
よろしく

「梅村さぁぁぁん!
梅村さんだって独身寮が
廃止になったら困りますよね?」

奥野 萌

口絵ラフ決定ver.

口絵ラフver.1

口絵ラフ別案

口絵ラフ別案

Opal

トナメン!!

となりに住《す》んでいるサラリーマンがダメなイケメンだと思《おも》ったら……!?

オパール文庫をお買い上げいただき、ありがとうございます。
この作品を読んでのご意見·ご感想をお待ちしております。

ファンレターの宛先

〒102-0072　東京都千代田区飯田橋3-3-1
プランタン出版　オパール文庫編集部気付
里崎 雅先生係／葉月夏加先生係

著　者――**里崎 雅**(さとざき みやび)
挿　絵――**葉月夏加**(はづき なつか)
発　行――**プランタン出版**
発　売――**フランス書院**
〒102-0072　東京都千代田区飯田橋3-3-1
電話(営業)03-5226-5744
　　(編集)03-5226-5742
印　刷――誠宏印刷
製　本――若林製本工場

ISBN978-4-8296-8224-1 C0193

原稿大募集

オパール文庫では、乙女のためのエンターテイメント小説を募集しております。
優秀な作品は当社より文庫として刊行いたします。
また、将来性のある方には編集者が担当につき、デビューまでご指導します。

募集作品

H描写のある乙女向けのオリジナル小説（二次創作は不可）。
商業誌未発表であれば同人誌・インターネット等で発表済みの作品でも結構です。

応募資格

年齢・性別は問いません。アマチュアの方はもちろん、他誌掲載経験者や
シナリオ経験者などプロも歓迎。
（応募の秘密は厳守いたします）

応募規定

☆枚数は400字詰め原稿用紙換算200枚〜400枚
☆タイトル・氏名（ペンネーム）・住所・郵便番号・年齢・職業・電話番号・
　メールアドレスを明記した別紙を添付してください。
　また他の商業メディアで小説・シナリオ等の経験がある方は、
　手がけた作品を明記してください。
☆400〜800文字程度のあらすじを書いた別紙を添付してください。
☆必ず印刷したものをお送りください。
　CD-Rなどデータのみの投稿はお断りいたします。

注意事項

☆原稿は返却いたしません。あらかじめご了承ください。
☆応募方法は郵送に限ります。
☆採用された方のみ担当者よりご連絡いたします。

原稿送り先

〒102-0072　東京都千代田区飯田橋3-3-1
プランタン出版「オパール文庫・作品募集」係

お問い合わせ先

03-5226-5742　（プランタン出版　オパール文庫編集部）